멋진 세계 축복을!

14

홍마의 시련

이 멋진 세계에 축복을! 14

홍마의 시련

CONTENTS

SUMMER VACATION

SUMMER VACATION

홍마의 시련

이 멋진 세계에 축복을! 14

아카츠키 나츠메 지음

미시마 쿠로네 일러스트

이승원 옮김

Character

아쿠아

직업 — 아크 프리스트
그 누구도 제어할 수 없는 물의 여신. 특기는 연회용 장기자랑.

카즈마

직업 — 모험가
백수 기질이 있는 주인공. 행운 수치 하나만 비정상으로 높다.

다크 니스

직업 — 크루세이더
방어 전문 마조히스트 여기사. 실은 귀족 가문 아가씨.

메구밍

직업 — 아크 위저드
홍마족 제일의 천재. 폭렬마법 이외에는 전혀 흥미가 없다.

춈스케

젤 킹

융융

홍마의 마을 제일의 상식인. 자기소개를 잘 못하는 아크 위저드.

위즈

액셀 마을에서 매직아이템 가게를 운영하고 있는 점주. 평화주의자지만 리치.

"다들 준비는 됐어?! 장비 손질도 마쳤지?!"

"음, 갑옷도 새것 같아 보일 만큼 손질했다! 애용하는 대검도 정성들여서 날을 세운 덕분에 어마어마하게 예리하지! 나만 믿어라!"

저택 밖에 선 다크니스는 새것이나 다름없어 보일 만큼 손질이 잘 된 장비를 착용한 채 기대에 찬 표정으로 그렇게 말했다.

다른 이들을 체크한 나 또한 철저하게 준비했다.

평소 장비뿐만 아니라 돈을 들여 장만한 각종 마도구와 스크롤도 배낭 안에 들어있다.

"저기, 다크니스. 너는 검을 쓰지 말고 그냥 주먹으로 싸우는 편이 더 도움될 거라고 생각해."

"그럼 아쿠아의 말대로 지금 바로 주먹을 써보도록 할까. 이쪽으로 좀 와봐라."

나와 마찬가지로 배낭을 멘 아쿠아가 다크니스의 말을 듣자마자 도망쳤다.

아침부터 텐션이 하늘을 찌르는 우리와 달리, 유일하게

평소와 다름없는 장비만 갖춘 메구밍은—.

"……다들 왜 그렇게 의욕이 넘치는 거죠? 그리고 홍마의 마을에도 가게가 있으니까, 그렇게 짐을 잔뜩 싸들고 갈 필요는 없을 것 같은데……."

"무슨 소리를 하는 거야! 시련이야, 시련! 엘리트 마법사인 홍마족의 족장을 뽑기 위한 시련에 도전하는 거라고! 아무리 준비해도 모자랄 지경이거든?!"

내 말을 듣더니 당혹스러운 표정을 지었다—.

제1장 이 성스러운 갑옷에게 천벌을!

1

얼마 전.

마왕군 간부 후보인 비주얼계 타천사 듀크를 격퇴한 위즈는 그 후로 마도구점에 틀어박혔다.

마음에 상처를 입은 위즈를 아쿠아가 매일 위로해주고 있었고 오늘도 마도구점에 갔다가 돌아와 보니…….

융융이 여행 선물을 손에 들고 저택 현관 앞에 서 있었다.

"시련을 통과하지 못한 걸 남 탓으로 돌리지 말아줬으면 좋겠군요!"

"그럼 대체 누구 탓인 건데?! 폭렬마법을 쏘지 말라고 내가 그렇게 말했지?! 그런데 왜, 대체 왜 가장 쓰면 안 될 타이밍에 폭렬마법을 쓰는 건데?!"

융융을 저택 안으로 들인 후 자초지종을 들어보니―.

"진정해, 융융. 폭죽 같은 인생을 살고 있는 이 녀석한테 폭렬을 하지 말라는 소리를 하는 것 자체가 부질없는 짓이야. 얌전한 메구밍은 양식 있는 아쿠시즈 교도만큼 이 세상에 있을 수 없는 존재잖아."

"그, 그 말을 들으니, 왠지 제가 잘못한 것 같은 느낌이……"

"저기, 카즈마. 그 비유는 아쿠시즈 교도에게 실례 아닐까? 우리 애들이 개구쟁이이기는 해도, 메구밍처럼 정신이 나가지는 않았어."

"좋아요. 세 사람 다 덤벼보세요. 홍마족의 진정한 힘을 보여드리죠!"

─현재, 홍마의 마을에서는 차기 족장을 정하기 위한 시련을 실시 중이라고 한다.

그리고 차기 족장으로 입후보한 사람이 바로 융융이었다.

융융은 예전부터 자기소개 때 『이윽고 홍마족의 족장이 될 자』라고 말했다.

그런 그녀는 홍마의 마을에 시련을 치르러 갔는데……

홍차를 홀짝이며 이야기를 듣고 있던 다크니스가 입을 열었다.

"한 사람당 세 번만 시련을 치를 수 있는데, 이미 두 번이나 실패를 해서 궁지에 몰린 건가. 홍마족의 시련에 대해서는 나도 이야기를 들은 적이 있다. 실은 더스티네스 가문과 홍마의 마을은 예전부터 교류가 있었다. 우리 가문에서 애용하는 갑옷도 홍마의 마을에서 제작된 고급품이다."

다크니스는 그렇게 말하면서 우아하게 찻잔을 내려놓더니─

"홍마족의 시련은 원래 뛰어난 전위와 홍마족 후위가 조를 이뤄 치르는 게 기본이라고 들었다. ……이것도 인연이라면 인연이지. 가족이나 다름없는 메구밍의 뒤치다꺼리라면 내가 하지. 내가 전위가 되어주마."

"저, 정말이에요?! 디코이를 쓸 수 있는 다크니스 씨가 전위를 맡아주신다면 안심이 될 거예요! 자, 잘 부탁드려요!"

융융이 환하게 웃으며 그렇게 말하자 다크니스는 상냥한 미소를 머금고 다시 홍차를 입에—.

"어이, 다크니스. 너, 요즘 들어 자기가 활약할 기회가 없어서 좀이 쑤시는 거지? 일전의 위즈 때도 남자 헌팅한 거 말고는 딱히 한 게 없잖아."

"푸웁!"

나는 옆에서 태클을 날렸고 다크니스는 홍차를 뿜었다.

그건 그렇고—.

"꼭 족장이 되어야 하는 이유 같은 게 있는 거야? 그러니까 선조 대대로 족장을 맡아온 가문이기 때문에, 족장이 못 되면 가문에서 쫓겨난다거나……? 족장은 홍마족 중 가장 높은 사람이잖아. 그만큼 경쟁도 심한 거야?"

다크니스가 원망 섞인 눈길로 쳐다보는 가운데, 풀이 죽은 융융을 보고 동정심을 느낀 나는 그렇게 물었다.

"아, 홍마족은 다들 자유분방하거든요. 그래서 속박이나 책임이 뒤따르는 족장 같은 걸 되고 싶어 하는 사람은 없지만⋯⋯."

융융은 고개를 들더니 진지한 표정으로 나를 쳐다보고 말을 이었다.

"저는 그것 말고는 특징이나 특기, 목표가 없거든요. 그래서 족장이 못 되면 홍마족으로서 자기소개 때 엄청 난처해져요⋯⋯."

"내가 새로운 자기소개 대사를 짜줄 테니까, 족장이 되는 건 포기해."

"역시 카즈마는 대단해. 5분 만에 문제를 해결해버렸네."

나와 아쿠아가 그렇게 말하자 융융은 허둥대며 벌떡 일어섰다.

"자, 잠깐만요! 아니에요! 그게 전부가 아니라고요! 홍마족은 단결력이 없는데, 족장마저 없다면 무슨 짓을 벌일지 모른다고요⋯⋯. 하지만 아까도 말했다시피, 저 말고는 귀찮은 시련을 치르면서까지 족장이 되려는 사람이 없어서⋯⋯."

융융이 방금 말한 것처럼 지나칠 정도로 자유분방한 홍마족을 방치해두는 건 확실히 문제였다.

기본적으로 성실하고 상식적이며 반장 타입인 융융이라면⋯⋯.

바로 그때, 소파에 앉아 무릎 위에 놓인 춈스케의 귀를 잡아당기던 메구밍이 입을 열었다.

"어쩔 수 없군요. 그럼 제가 족장이⋯⋯."

"너는 상급 마법을 쓸 수 없잖아?! 게다가 족장이 되면 홍마의 마을로 돌아올 거야?! 족장이라는 호칭이 멋진 것 같다는 이유로 그런 소리를 하는 거면 화낼 거야!"

홍마족의 족장이 되기 위해서는 상급 마법 습득이 필수 조건인 것 같았다.

"뭐, 둘 다 진정해. 결국 융융은 믿음직한 파트너가 필요한 거지? 그럼 나만 믿어. 내가 여차할 때 누구보다 믿음직한 남자라는 걸 알려주겠어."

내가 그렇게 말하자 메구밍을 비롯한 다른 여자들이 그 자리에서 딱딱하게 굳어버렸다.

"왜, 왜 이러는 거예요? 평소의 카즈마라면 귀찮아했을 텐데, 오늘은 웬일로 순순히 승낙을 하는 거죠?"

메구밍이 다른 이들의 마음을 대변하듯 그런 무례한 소리를 한 순간, 퍼뜩 뭔가를 눈치챈 다크니스가 손뼉을 쳤다.

"홍마의 마을에는 미인이 많지!"

"어? 술집에 헌팅을 하러 갈 만큼 남자한테 굶주린 걸레 영애 주제에 나를 성욕에 미친 짐승 취급하나 보네. 요즘 들어 나를 얕보나 본데, 한 번 제대로 본때를 보여주도록 할까."

나는 손을 꼼지락거리며 그렇게 말했고 다크니스는 싫지 않은 표정을 지으면서 팔을 걷어붙였다.

"알았어! 카즈마는 얼마 전에 신문에 얼굴이 실릴 정도로 명성을 날렸으니까, 괜한 불똥이 튀기 전에 홍마의 마을로 피신할 생각이구나! 듀크가 위즈를 노린 것처럼, 모험가가 자신을 노릴지도 모른다는 걱정을 하는 게 틀림없어!"

아쿠아는 의기양양한 표정을 짓고 내 생각을 정확하게 맞췄다.

평소에는 눈치가 없으면서 왜 이럴 때만 감이 좋은 걸까.

"아, 아니거든요~?! 평소 나한테 폐만 끼쳐대는 너희와 달리, 융융은 내 친구 중에서 몇 안 되는 상식인이라서 소중하거든. 그런 친구가 난처한 것 같으니까 도와주려는 것뿐이라고!"

"잠깐만요. 저희도 요즘 들어 옛날보다는 덜 폐를…… 융융, 왜 당신이 멋쩍어 하는 거죠?! 이 남자는 평소처럼 입에서 나오는 대로 지껄였을 뿐이에요! 당신, 너무 쉬운 여자인 거 아니에요?!"

친구라거나 소중하다 같은 말을 들은 융융은 입가를 씰룩거리고 있었다.

"어이, 카즈마. 네가 진짜로 융융의 파트너가 될 수 있겠느냐? 홍마의 마을 주위에는 강한 몬스터가 우글거리지. 공격을 명중시키지 못하는 나라도 방패 역할은 할 수 있다. 하지만 너는……."

"맞아~. 약해빠진 카즈마 씨는 몬스터한테 확 잡아먹힐지도 몰라. 이번에는 나와 같이 집이나 지키는 편이 나을 거야. 그냥 요즘 존재감 없는 다크니스에게 활약할 기회를 주는 게 어때? 또 신문 취재를 받을지도 모르는데, 그때 요즘 활약한 거랍시고 남자 헌팅한 이야기나 하는 것은 좀 안 됐잖아? ……아얏?! 잠깐만, 다크니스! 네 편을 드는 건데, 왜 때리는 거야?! 꺄아! 때리지 마!!"

저 두 사람의 말을 들으니 좀 망설여지는걸.

뭐, 뭐어, 잘 생각해보니까, 이런 풋내기 모험가의 마을에서 일부러 홍마족의 시련에 도전하러 가는 한가한 모험가는 딱히 없겠지……?

내가 그런 생각을 하는 사이에도 아쿠아가 다크니스에게 두들겨 맞고 있었다.

하지만 바로 그때, 현관의 벨이 울리더니 문이 열렸다.

"사토 카즈마 씨는 계시나요?"

문을 열고 들어온 이는 바로 모험가 길드의 직원 누님이었다.

"저기……. 사토 씨를 만나고 싶다는 고레벨 모험가 분이 왕도에서 오셨어요. 시간이 괜찮다면, 잠시 길드에 와주시지 않겠어요?"

"죄송한데, 지금부터 소중한 친구를 위해 홍마의 마을에 가야 해요. 당분간 돌아오지 않을 것 같으니까, 다음에 다시 찾아와달라고 전해주세요."

나는 주저 없이 그렇게 대답했고 이 자리에 있는 모든 이들이 나를 쳐다보았다.

"카, 카즈마 씨……!"

감동에 젖은 융융의 목소리가 등 너머에서 들려오는 가운데, 나는 그 누님을 향해 미소를 지으며 말을 이었다.

"그러니까, 그 모험가한테는 이렇게 전해주세요. 사토 카즈마는 친구를 위해, 가혹한 시련의 여행을 떠났다고요……. 살아서 돌아올 수 없을지도 모르니, 당신은 나 같은 걸 기다리지 말고 내 몫까지 마왕군과 싸워달라고 전해주세요……."

"사, 사토 씨……."

길드 직원 누님도 분위기에 휩쓸렸는지 감동하고 말았다.

설마 이렇게 느닷없이 여행을 떠나게 될 거라고는 생각도 못했지만 왕도에서 온 고레벨 모험가에게 도전을 받는 것보다는 훨씬 낫다.

이제 멋지게 폼을 잡으면서 여행을 떠난 후, 나에 대한 관심이 줄어들었을 즈음에 돌아오면…….

한편, 누님은 반짝이는 눈동자로 나를 쳐다보고 이렇게 말했다.

"알았어요! 사토 씨를 만나고 싶다고 했던 그 자칭 팬인 미인 모험가 분께는 그렇게 전할게요!"

"어?"

다음날 아침.

"융융은 아직 안 온 거야?! 우리는 이미 준비를 마쳤다고! 홍마의 마을에서 치른다는 시련 같은 건 하루 만에 끝내버리겠어!"

나는 어젯밤에 준비를 마쳤고 이제 여행을 떠나는 순간만 기다리고 있었다.

아직 어둑어둑한 이른 새벽부터 현관 앞에서 의욕에 불타고 있는 내 옆에는―.

"흥분되는구나, 카즈마! 후위를 지키는 건 기사인 내 소임이다! 시련은 나에게 맡겨다오!"

나와 마찬가지로 의욕에 불타고 있는 다크니스가 기세가 하늘을 찌르는 목소리로 그렇게 말했다.

"됐어. 미인 모험가가 나의 귀환을 이제나저제나 기다리고 있거든. 지금이야말로 내가 활약해야 할 때라고."

"그, 그런 한심한 이유로 나를 방해하지 마라! 카즈마, 나에게도 활약할 기회를 양보해달란 말이다! 그리고 왜 어제 만나러 가지 않은 거냐? 너답지 않구나."

모험가로서 활약할 기회에 굶주린 다크니스가 내 어깨를 움켜잡고 흔들어대며 그렇게 말하자―.

"그야 팬이 만나고 싶다는 말을 듣고 그 날 바로 만나러 가는 건 꼴사납잖아. 그러니 용용의 문제를 해결해준 후, 「하아, 이번 모험도 별것 아니었는걸……」 같은 소리를 하면서 길드에 돌아갈 거야. 그리고 딱 마주친 팬 앞에서 「음? 너는……」이라고 말하며 자연스럽게 만나는 거지.”

“그, 그런 연극을 할 작정인 거냐? 평소에는 그렇게 핏발 선 눈으로 자기 팬이 없는지 찾아다녔으면서 말이다. 의외로 자존심이 강한 녀석이군…….”

다크니스가 어이없다는 표정을 짓고 태클을 날렸지만 멋대로 지껄이라고.

“팬에게 해줄 이야깃거리도 필요하거든. 이번에는 내가 대활약을 할 거야. 그러니까 너는 집이나 지켜.”

“시, 싫다! 홍마족의 시련이란, 유명한 영웅담처럼 전위와 후위가 협력해서 역경을 극복해야 하는 거라고 들었다. 나는 그런 이야기를 동경해서 모험가를 꿈꾸게 된 거란 말이다! 어이, 카즈마! 이런 기회는 흔치 않다! 그러니 내 부탁좀 들어다오!”

다크니스는 평소와 다르게 고집을 부렸고 인내심이 바닥난 나는 불같이 화를 냈다.

“네가 모험가를 꿈꾸게 된 진짜 이유는 훨씬 음란한 거잖아! 천연덕스럽게 거짓말 좀 하지 마! 나도 영웅 놀이를 하고 싶다고!”

“거, 거짓말이 아니다! 음란한 목적이 있다는 건 부정하지 않겠지만, 어릴 적에는 순수하게 모험가를 동경했지! 그리고 카즈마도 방금 영웅 놀이라고 말했지 않느냐! 그런 경박한 동기로 시련에 참가하려는 거라면 나한테 양보해라!"

우리가 서로를 저택 안에 밀어 넣기 위해 몸싸움을 벌이고 있을 때, 어이없어 하는 목소리가 들려왔다.

"두 사람 다 그렇게 영웅과 마법사 놀이를 하고 싶나요? 홍마의 마을에서 돌아온 후에 얼마든지 어울려줄 테니까, 지금은 자제해 주세요."

왠지 졸려 보이는 메구밍이 가벼운 차림으로 나타났다.

내가 아까부터 다크니스와 이렇게 다투고 있는 것에는 이유가 있었다.

이 세계에서 유명한 영웅담 중에는 어떤 소녀가 한 소년과 함께 역경을 극복한 끝에 이윽고 한 나라의 여왕이 된다는 게 있었다.

그 이야기에는 용감한 마법사 소녀와 과묵한 기사 소년이 나온다.

소년과 함께 역경을 극복한 소녀는 꿈을 이뤄 여왕이 되고, 마지막에 기사 소년과 맺어져 해피엔딩을 맞이한다. 그야말로 전형적인 이야기다.

홍마족의 족장 시련은 이 유명한 이야기에서 따왔다고 한다.

하지만—.

"메구밍을 지켜봤자 영 기분이 안 날 것 같은데……."

"으, 음……. 영웅담이라기보다, 왠지 유쾌하고 기묘한 여행을 하는 느낌일 것 같구나……."

"좋아요. 그럼 보호받는 공주님 역할이 아니라, 최종 보스 역할을 맡아주죠. 이야기 종반부에 나오는 나쁜 마법사 역할을 말이죠! 자, 덤벼 봐요!"

메구밍이 지팡이를 휘두르며 화를 내는 가운데, 정원 쪽에서 흥겨운 콧노래가 들려왔다.

고개를 돌려보니 아쿠아가 마법으로 만들어낸 물을 밭에 뿌리고 있었다.

"여행을 가면 한동안 돌아오지 않을 거라서, 미리 채소에 물을 주는 거야? 위즈에게 춈스케와 젤 킹을 돌봐달라고 부탁할 거니까, 겸사겸사 밭에 물도……."

말을 이으려던 나는 밭에서 자라고 있는 것을 보고 그대로 얼어붙었다.

아쿠아가 즐겁게 물을 주고 있는 건 바로, 소녀의 모습을 한 손바닥 크기의 조그마한 모종이었다.

그렇다. 바로 안락 소녀다.

"그러고 보니 저번에는 정신이 없어서 그냥 넘어갔는데, 그런 것을 우리 밭에 심었지! 어이, 다크니스! 메구밍! 아쿠아 좀 잡고 있어! 여행을 떠나기 전에 이 녀석을 토벌하자고!"

"너 지금 무슨 소리를 하는 거야?! 이 냉혈 백수, 절대 그렇게는 안 돼! 그리고 여신이 만들어낸 신성한 물을 계속

줬으니까, 분명 착한 아이로 자랄 거야!"

　내가 안락 소녀를 파내서 없애버리기 위해 다가가자, 아쿠아는 안락 소녀를 꼭 안고 호소하는 눈길로 나를 올려다보았다.

　"절대 안 돼. 이 집에는 애완동물이나 애완식물 같은 건 더 이상 필요 없다고! 촘스케와 젤 킹과 너를 돌보는 것만으로도 손이 엄청 가는데, 잡일을 더 늘리면 어떻게 해!"

　"부탁이야! 매일 물도 주고, 매일 산책도…… 저기, 방금 나도 언급되지 않았어?"

　눈앞에 있는 안락 소녀의 모종은 아직 우리의 대화를 이해하지 못하는 건지 방긋방긋 웃고 있었다.

　……이걸 없애야 하는 건가.

　"어, 어이, 다크니스. 이 마을의 안전을 지키는 게 귀족의 소임이지? 정 그렇게 활약할 기회가 탐난다면, 이 녀석은 너한테 양보할게……."

　"돼, 됐다. 카즈마야말로 우리의 중심인데 레벨이 가장 낮지? 그러니 너한테 양보하마."

　…………

　"한 며칠 동안 아쿠아와 같이 물주면서 정이 든 거냐! 어이, 영주님! 몬스터로부터 이 마을을 지켜달라고!"

　"입만 산 녀석, 그럼 모험가인 너에게 영주로서 직접 의뢰하겠다! 저 안락 소녀를……! 아, 안락 소녀……를……."

다크니스가 자신을 손가락으로 가리키자, 안락 소녀는 그녀가 자신과 놀아주는 거라고 생각한 건지 방긋방긋 웃었다.

그런 안락 소녀를 보고 의지가 한풀 꺾인 다크니스는—.

"……아무도 다가가지 않을 듯한, 홍마의 마을 인근 숲의 깊숙한 곳에 옮겨 심는 건 어떨까……."

영주로서 몬스터를 눈감아줄 수는 없는 건지, 작은 목소리로 그렇게 중얼거렸다.

—슬슬 융융이 오기로 한 시간이 됐다.

아쿠아를 제외한 우리 집 애완동물들은 이미 위즈에게 맡겼으니 여행을 떠날 준비는 끝났다.

"이제 융융이 올 때까지 기다리기만 하면 되겠네. 그 애 성격이면 약속 시간보다 일찍 올 거라고 생각했는데……."

"아, 그 애라면 약속 시간에 딱 맞춰올 거라고 생각해요. 홍마의 마을에서 친구들과 같이 놀기로 약속한 적이 있는데, 얼마나 들뜬 건지 한나절 전부터 약속 장소에서 기다렸거든요. 그래서 그런 짓을 하면 친구들이 부담을 느껴서 피할 거라고 조언을 해줬어요."

들뜨는 데도 정도라는 게 있는 법인데 말이다.

……그리고 약속 시간이 됐다는 것을 알려주는 종소리가 들린 바로 그때였다.

저택 앞에 마법진이 생겨나더니 빛과 함께 융융이 나타났다.

"약속 시간에 딱 맞춰 오기는 했지만, 초단위로 시간에 딱 맞춰 나타나는 것도 부담스럽거든요?!"

"뭐?! 왜, 왜 도착하자마자 혼나야 하는 건데?!"

텔레포트로 온 융융이 메구밍에게 혼나면서도 주위를 둘러보고―

"여러분, 좋은 아침이에요. 그럼 잘 부탁드릴……. ……어, 저, 저기, 아쿠아 씨가 안아 들고 있는 건……."

"이 애는 이윽고 홍마의 숲의 우두머리가 될 자, 데드스크림 블러디메리야. 융융의 친가 인근으로 이사하게 됐으니까, 잘 부탁해."

안락 소녀가 심어진 화분을 안아 들고 있는 아쿠아를 본 융융이 신기하다는 듯 고개를 갸웃거렸다.

"그건 안락 소녀죠? 그 요상한 이름은 바꿔줬으면 좋겠네요……. 그리고 보니, 저는 안락 소녀한테는 절대 다가가지 말라는 말을 마을 사람들한테서 자주 들었어요……."

"안락 소녀는 외톨이의 천적 같은 몬스터죠. 조그마하다고 마음을 허락하면 안 돼요."

안락 소녀가 어떤 몬스터인지 아는 융융은, 왠지 가지고 싶어 하는 표정을 지었지만 곧 허둥지둥 고개를 저었다.

"그럼 여러분, 출발할게요. ……『텔레포트』!"

지면에 마법진이 생기고 우리를 홍마의 마을로 옮겨줬다.

3

홍마의 마을.

그곳은 마왕의 성을 감시하는 임무를 맡고 있을 뿐만 아니라, 밤낮 가리지 않고 다양한 마도구가 만들어지는 장소다.

"어? 유, 융융? 메구밍?!"

세계 최고봉의 마법사들이 모여 있는 마을이자, 인류의 최강 전력 중 하나라 할 수 있는ㅡ.

"큰일 났다~! 메구밍과 융융이 외지인을 데리고 왔어! 다들 빨리 옷 갈아입어!"

…………

"자, 잠깐만 있어봐! 나, 홍마족의 로브에 구멍이 나서 버렸어! 새것을 사러 가야겠네!"

"어이, 지팡이 대신 쓰게 그 빗자루 좀 빌려줘!"

"검은색 망토! 검은색 망토를 어디 뒀더라……! 으으, 엄마! 내 망토 어디 있어~?!"

마을 한복판에 우리가 느닷없이 나타나자 홍마족 사람들이 야단법석을 떨었다.

그리고 마을 입구 쪽에서 두 소녀가 뛰어왔다.

"너희들, 외지인을 데리고 올 거면 미리 연락을 줘야할 거 아냐!"

"맞아! 너희 때문에 이 마을에 패닉이 일어났거든?! 걸어 올 거면 몰라도, 텔레포트로 올 거면 미리 준비할 시간을 달란 말이야!"

왠지 낯이 익은 저 두 사람은 메구밍과 융융의 동급생인─.

"반 친구였던 사키베리와 네리마키군요. 두 사람 다 오랜만이에요."

"후니후라와 도돈코거든?! 이름이 한 글자도 안 겹쳤잖아! 얼마 전에 액셀 마을에서 만났으면서 벌써 잊은 거야?!"

"너, 이제 그만 내 이름 좀 외워!"

그렇다. 후니후라와 도돈코라는 이름의 2인조였다.

홍마족의 정장인 로브를 입은 그 두 사람이 허둥대는 홍마족들을 감추려는 듯 우리를 막아섰다.

"여어, 둘 다 오랜만이야. 물어볼 게 있는데, 마을 사람들이 왜 이렇게 당황한 거야?"

인사를 건넨 내가 의아해하면서 그렇게 묻자─.

"마법사의 마을인데 다들 평범한 복장을 하고 있으면 손님들이 실망하잖아? 원래는 마을 근처를 순찰하고 있는 백수가 손님이 오면 알려주는데……."

"응. 그러니까 이렇게 텔레포트로 갑자기 오면 곤란해."

"우리 같은 관광객을 위해서 괜히 옷차림에 신경 쓰지 마. 그런 노력은 마왕군과의 싸움에 할애해줘."

이러는 사이, 각자의 집에 들어갔던 홍마족들이 검은색

옷으로 갈아입고 나타났다.

태연한 척 하면서 평소와 다름없이 행동하고 있지만 좀 쳐다봐달라는 듯 우리를 힐끔거리니 짜증이 치솟았다.

바로 그때, 홍마족 중 한 명이 자택 앞에서 젓고 있는 커다란 냄비를 향해 아쿠아가 뛰어갔다.

"카즈마, 이거 좀 봐! 냄비야! 마법사가 냄비로 뭔가를 끓이고 있어!"

검은 로브 차림의 마법사가 냄비 안의 내용물을 휘젓는 모습은 마치 수상한 약품을 만들고 있는 것처럼 보이지만—.

"타지에서 온 아가씨, 너무 다가오지 않는 편이 좋을 거야……. 내가 만드는 건 금단의……."

"카즈마, 카레야! 냄비에서 카레 냄새가 나!"

아쿠아는 냄비 안에서 풍겨 나오는 냄새를 맡았고 홍마족은 거북한 표정을 지은 뒤 고개를 돌렸다.

"어이, 카즈마. 저기서는 홍마족 여성이 마법진을 그리고 있구나. 대규모 의식이라도 치르려는 것 같다만……."

다크니스의 말을 듣고 그쪽을 쳐다보니 쿨한 인상의 아름다운 누님이 마법진 같은 것을 그리고 뭔가를 읊조리고 있었다.

우리가 멀찍이서 쳐다보자 그 마법진이 서서히 빛을 뿜으며 반짝이기 시작했다.

아쿠아가 그 광경에 흥미를 가지고 다가갔다.

"거기 당신, 다가오면 위험해! 이제부터 내가 하려는 건 태고에 봉인된 강대한 악마를 해방시키는 사법(邪法)······. 이미 이 마법진에서는 흉흉한 마력이 흘러나오고 있어. 자, 나는 신경 쓰지 말고 빨리 가. 홍마족에게 있어 이 정도 일은 일상다반사야. 태고의 악마를 소멸시키는 것 정도는 식은 죽 먹기거든—."

그 누님은 그렇게 말하면서 덧없는 미소를 짓더니 각오를 다지듯 손을 치켜들었다.

이 마을에는 옛날부터 사신이나 여신이나 고대 병기 같은 위험한 물건이 잔뜩 봉인되어 있었는데, 태고의 악마 같은 흉흉한 존재까지—.

"악마 퇴치라면 나한테 맡겨! 고레벨 아크 프리스트인 이 아쿠아 님한테 걸리면 한주먹 거리야!"

그 누님이 경고를 했지만 아쿠아는 그렇게 믿음직한 말을 하며 앞으로 나섰다.

그리고 아쿠아는 코를 킁킁거린 후—.

"······이상하네. 흉흉한 마력은 느껴지지 않아. 악마 특유의 악취도 나지 않는 데다, 아직 악마의 기운도 느껴지지 않아. 하지만 걱정하지 마. 나는 엄청 한가하거든. 악마를 작살내기 위해서라면 하루 종일이라도 여기서 기다려주겠어!"

그렇게 말한 아쿠아는 마법진을 감시하려는 듯이 그대로 바닥에 철퍼덕 앉았다.

아쿠아가 안락 소녀 모종을 안아 들고 장기전 태세를 취하자 그 누님은 식은땀을 흘리기 시작했다.

"저기, 메구밍. 아쿠아가 응원하고 있는 저 누님, 왠지 난감해 하는 것 같지 않아?"

"누군가 했더니 소켓토네요. 저 마법진은 관광객용 마법진인데, 그냥 저렇게 반짝거리기만 해요. 아마 아쿠아 같은 반응을 보이는 사람은 처음 봐서, 소켓토도 난감한 거겠죠."

이 마을 사람들은 왜 하나같이 요 모양 요 꼴인 걸까.

그리고 그 누님은 이윽고 하늘을 우러러 봤다.

"……. 큭, 이 악마가 당신의 기운을 느끼고 두려움을 느낀 나머지 격렬하게 저항하고 있는 것 같네! 유감이지만 봉인을 풀 마력이 부족한 것 같아. 뭐, 그래도 이제 괜찮겠지. 고마워. 당신 덕분에 이 마을은 구원……."

"마력이 부족한 거구나! 좋아, 나한테 맡겨! 저기, 카즈마! 이 언니한테 내 마력을 전달해줘! 나의 신성한 마력을 펑펑 써서 악마를 끄집어낸 다음, 내가 자근자근 밟아주겠어!"

아쿠아는 드레인터치를 통한 마력 양도를 요구했고 그 누님의 표정은 딱딱하게 굳었다.

"좋아, 나만 믿어. 악마 퇴치를 위해서라면 나도 기쁜 마음으로 협력해주겠어."

"역시 카즈마는 말이 통한다니깐! 당신, 이제 안심해! 나의 무한한 마력을 얼마든지 나눠줄게!"

"카즈마 씨, 아쿠아 씨! 소켓토 씨가 울먹거리기 시작했으니까, 이제 그만 좀 하세요!"

4

누님 괴롭히기를 관둔 우리는 일단 융융과 헤어진 후 메구밍의 집으로 향했다.

내 옆에 선 메구밍은 어이없다는 표정을 지으며 한숨을 내쉬었다.

"……정말. 언제나 쿨하고 드센 소켓토가 울음을 터뜨릴 뻔 했잖아요. 그 사람은 홍마족 제일의 점술사니까, 너무 괴롭혔다간 알고 싶지도 않은 일들을 마구 점칠 거라고요."

"예쁜 누님이라 무심코 놀리고 말았네. 그런데 알고 싶지도 않은 일을 점친다는 건 또 무슨 소리야? 나는 딱히 숨기고 있는 게 없으니까, 그런 협박은 안 통한다고."

오랫동안 함께 해온 우리는 끈끈한 유대로 이어져 있었다.

그러니 동료들에게 알려져도 딱히 곤란할 비밀은―.

"예전에 붓코로리라는 백수 때문에 화난 소켓토가 붓코로리의 목욕 시간과 볼일 보는 시간, 그리고 부끄러운 과거와 성적 취향, 밤에 혼자서 몰래 하는 일까지 전부 점친 적이 있어요. 그래서 붓코로리는 한동안 자기 방에 틀어박혀 버렸죠."

"아까 그 누님을 다음에 만나면 꼭 사과할게."

나는 메구밍에게 딱 잘라서 그렇게 말하고 다시 홍마의 마을을 둘러보았다.

언뜻 보기에는 시골 촌구석 같지만 유심히 보니 곳곳이 평범한 마을과 달랐다.

오두막 앞을 지나던 다크니스가 불쑥 이렇게 말했다.

"저, 저기, 메구밍. 저 사람은 대체 뭘 하고 있는 거지? 회전하는 도자기를 골렘으로 공격하고 있는데, 어떤 의식 같은 것이냐?"

"저 사람은 홍마족 제일의 도자기 장인이에요. 염동마법으로 도자기를 회전시킨 다음, 골렘을 조종해서 마무리를 하고 있는 거죠. 직접 도자기를 만지면 손에 진흙이 묻기 때문에 저런대요."

세상의 도자기 장인들에게 사과해.

"저기 말이야. 그럼 저 사람은 뭘 하고 있는 건데?"

아쿠아가 그렇게 말하고 가리킨 곳에는 옷가지가 들어있는 바구니를 든 홍마족 몇 명이 모여서—

"『토네이도』!"

주부로 보이는 홍마족이 마법을 영창한 순간 소용돌이가 생겨났다.

"『크리에이트 워터』!"

하늘 높이 솟아오른 소용돌이를 향해 다른 주부가 물을

뽑었다.

마법으로 만든 강력한 소용돌이는 내부에 대량의 물을 가둔 채 제어되기 시작했고—.

주부들은 그 소용돌이를 향해 옷가지를 집어던지기 시작했다.

"그냥 세탁을 하는 것 같네요."

"너희는 진짜 마법을 낭비하는구나."

그런 이야기를 나누는 사이, 우리는 마을 외곽에 도착했다.

"⋯⋯⋯⋯위치로 볼 때, 여기가 맞는 것 같은데⋯⋯."

메구밍이 멍하니 올려다보고 있는 건 이 마을의 다른 집과 비교해도 꽤 큰 신축 건물이었다.

우리가 예전에 묵었던 낡은 집과는 완전히 딴판이었다.

한동안 멍하니 서 있던 메구밍은 비틀거리며 그 집에 다가가서 현관의 벨을 눌렀다.

그러자 누군가의 발소리가 들리더니 문 너머에서 목소리가 들려왔다.

"누구야?"

"후후, 누구일까요?"

아마 메구밍은 여동생인 코멧코를 놀려줄 생각으로 그렇게 말한 것이리라.

메구밍이 미소를 짓고 그런 약간 짓궂은 소리를 하자 문 너머에서 찰칵 하는 소리가 들렸다.

아무래도 문을 잠근 것 같았다.

"우리 집은 부자 같아 보이지만 실은 돈이 없어요. 돌아가 주세요."

"저예요! 당신의 언니인 메구밍이에요! 제 목소리를 기억하죠?! 빨리 열어주세요!"

메구밍은 필사적으로 호소했고 문이 슬며시 열렸다.

문을 완전히 열지 않고 틈새로 밖을 쳐다보는 것을 보면 아직 경계하고 있는 것 같았다.

"……저한테는 언니가 없어요. 폭발해버렸거든요."

"당신, 지금 무슨 소리를 하는 거죠?! 잘 보세요! 당신의 언니란 말이에요! 봐요! 보라고요!!"

코멧코는 메구밍을 확인하자마자 쾅 소리가 나게 문을 닫더니—

"최근에 몇 번이나 마을에 돌아왔으면서 집에 코빼기도 비추지 않았던 사람은 제 언니가 아니에요."

"앗! 아, 아니, 그게……. 그건 융융의 시련 때문에 온 거지, 놀러 온 게 아니라서……. 코멧코, 제가 신경써주지 않아서 삐친 건가요? 그럼 오늘 밤에는 마음껏 놀아줄 테니까 화 풀어요."

메구밍이 그렇게 말하며 썩 기분이 나쁘지 않다는 듯 쓴

웃음을 지었다.

"언니는 보고 싶지 않았지만, 그래도 선물은 챙겨다줄 줄 알았어."

"방금 그 말, 본심은 아니죠?! 삐쳐서 그런 소리를 하는 것뿐이죠? 마음에 상처를 입을 것 같으니까 그만하세요!"

코멧코가 메구밍을 집 안에 안 들이려고 하기에 나는 배낭에서 선물을 꺼내 보여주면서 입을 열었다.

"오랜만이야, 코멧코. 카즈마 오빠야. 자, 과자 줄게."

"오빠, 어서와!"

"코멧코! 당신한테는 이 친언니뿐이잖아요! 빨리 이 언니도 반갑게 맞이해주세요!"

―메구밍의 집에 들어간 우리는 새 집을 둘러보았다.

"차 드세요."

"아, 고마워. 코멧코는 참 친절하네."

아쿠아는 코멧코가 내온 차를 마시면서 편하게 쉬고 있었다.

"이게 선물이군요."

"코멧코, 이건 먹는 것도 아니고 선물도 아냐. 그리고 인간처럼 생긴 생물을 먹으려고 하면 안 돼."

코멧코는 테이블에 놓인 안락 소녀를 보고 군침을 삼켰다.

"자, 코멧코. 돈을 꾸준히 보내줬던 이 언니로서는 새로 지은 이 집에 관해 알고 싶은데 말이죠."

"옛날 집에 박살이 나서, 새 집을 지었어."

그러고 보니 일전에 메구밍의 고향집이 박살났다는 이야기를 들었던 것 같다.

"그 이야기는 들었어요. 하지만, 가구나 가재도구도 전부 전에 있던 것보다 고급 같아 보이는데……."

메구밍이 복잡한 표정을 짓자 코멧코는 내가 건네준 과자를 먹으며 말했다.

"언니는 구두쇠."

"그런 말은 대체 누구한테 배운 거죠?! 옆집 백수인 붓코로리가 가르쳐준 거죠?! 부모님이 돌아오면, 이 집에 대해서 따질 거니까 그렇게 아세요!"

5

그날 밤의 일이었다.

"그래서, 집은 새로 지었지만 돈이 없단다! 이 엄마를 불쌍하다고 생각한다면, 돈을 계속 보내주렴!"

"알았으니까 망토 좀 잡아당기지 마세요! 게다가 다른 사람들이 보고 있거든요?! 부끄러우니까 그만해요!"

메구밍이 귀가한 모친에게 따진 끝에, 빚까지 지면서 이 집을 지었다는 사실이 발각됐다.

"뭐, 집이 넓어진 건 좋죠. 아, 한동안 이 마을에 머물 거니까, 제 동료들도 이곳에서 지낼 거예요. 그런데, 제 방은 어디죠?"

메구밍이 피곤한 듯 한숨을 내쉬고 그렇게 말하자—.

"……뭐? 으음, 메구밍의 방은……."

"어이, 친딸의 방으로 빨리 안내해주실까. 안 그러면 매정한 부모에게 더는 돈을 부치지 않을 것이다."

메구밍은 매몰찬 어조로 그렇게 말했고 그녀의 모친인 유이유이가 매달렸다.

"그렇게 호화로운 저택에서 사는 네가 돌아올 거라고는 생각도 못했단다! 빈 방은 얼마든지 있으니까, 마음껏 쓰렴! 참, 2층 가장 안쪽 방을 쓰는 건 어떠니?! 그 방은 넓고 벽도 두꺼우니까, 카즈마 씨와 함께 그 방에 묵으렴."

"방이 남아돈다면 각방을 쓰면 되잖아요! 과년한 딸을 젊은 남자와 한방에 묵게 하지 마세요!"

메구밍이 격앙된 어조로 그렇게 외치자 유이유이는 진지한 표정으로 나를 쳐다보고 이렇게 말했다.

"카즈마 씨는 내 딸과 같은 방을 쓰고 싶지?"

"당연하죠."

"이야기가 꼬이니까 카즈마는 입 좀 다물고 있어요!"

나는 주저 없이 그렇게 대답했고 메구밍은 나를 향해 고함을 버럭 질렀다.

"잠깐만 있어봐! 너, 얼마 전에 나한테 자식을 몇 명 가지고 싶은지 물었잖아!"

"그건 제 부모님 앞에서 할 말이 아니잖아요! 그리고 그건 장래의 이야기라고요!"

우리가 말다툼을 벌인 사이, 아쿠아는 코멧코를 향해 손짓을 했다.

"저 두 사람의 이야기를 들으면 안 돼. 코멧코한테는 내가 종이를 접어줄게. 자~, 폭살마인 모구닌닌이야."

"멋져!"

폭살마인이 대체 뭐야. 모구닌닌은 또 뭐냐고. 엄청 신경 쓰이네.

아쿠아가 코멧코의 주의를 끄는 사이에도 다른 이들은 점점 열이 뻗치고 있었다.

"메구밍, 너……! 평소 나를 에로세이더니 에로 영애라고 불러놓고, 몰래 가족계획까지 세운 거냐! 메구밍은 내숭 색골이구나!"

"너, 너무해요! 누가 내숭 색골이라는 거죠?! 이제 됐어요! 자, 카즈마! 외출하죠! 아직 일과를 마치지 않았어요. 이 근처에서 일과를 마치고 오죠."

이대로는 불리하다고 판단한 메구밍이 내 손을 잡아끌었다.

"일과? 다크니스 씨, 제 딸의 일과가 대체 뭐죠?"

"메구밍은 하루에 한 번, 체력이 바닥나서 꼼짝도 못하게 되는 짓을 하루도 거르지 않고 합니다."

"다크니스, 오해 사기 딱 좋은 발언 좀 하지 마세요! 왠지 음란한 짓을 하는 것처럼 들린단 말이에요!"

다크니스는 평소에 자기가 밝힌다는 이야기를 들었던 것을 이참에 복수할 생각 같았다.

"참고로 매일같이 그렇게 커다란 소리를 내며 그렇고 그런 짓을 한 바람에, 액셀 마을에서는 메구밍의 일과가 명물이 되어버렸습니다. 요즘 들어서는 견학을 하는 사람마저……."

"제 딸은 대체 남들 앞에서 무슨 짓을 하고 있는 거죠?!"

"폭렬마법을 쓰는 것 뿐이에요! 다크니스, 제 어머니가 오해할 법한 소리를 더 한다면 따끔한 맛을 보여줄 거예요!"

메구밍이 얼굴을 새빨갛게 붉히고 그렇게 말했지만 다크니스는 진지한 표정으로 말했다.

"따끔한 맛을 본다고 내가 기뻐할 거라 생각하지 마라. 메구밍을 싫어하지는 않지만, 그런 짓은 여자들끼리 할 게 아니라고 생각한다."

"다크니스를 기쁘게 해줄 생각은 털끝만큼도 없어요! 몬스터에게 너무 두들겨 맞아서 뇌가 맛이 가버린 건가요?! 이제 됐어요! 카즈마, 가죠! ……어? 카즈마?"

나는 성가신 일에 휘말리기 전에 잠복 스킬을 펼쳐서 몰래 집 밖으로 빠져나갔다—

6

메구밍의 일과는 다크니스나 다른 애에게 떠넘기기로 했다.

한밤중에 홍마의 마을을 거닐던 나는, 낮에 이 마을을 어슬렁거릴 때 신경이 쓰였던 가게 앞에 멈춰 섰다.

핑크빛의 화려한 간판에는 『술집 서큐버스 란제리』라고 적혀 있었다.

그야말로 직설적인 명칭이지만 액셀 마을에는 진짜 서큐버스가 운영하는 가게가 존재한다. 그러니 다른 마을에도 그런 가게가 있을 가능성은 충분히 있었다.

그리고 신경 쓰인 점은 바로 란제리라는 단어다.

일본에 있는 성인 업소 중에는 란제리펍이라는 곳이 있다.

들자하니 속옷 차림의 누님들이 술을 따라준다고 한다.

야한 꿈이라면 얼마든지 꿀 수 있다.

하지만 때때로 현실에서도 여자들과 시시덕거리고 싶었다.

게다가 액셀 마을은 서큐버스 서비스가 너무 강렬한 바람에 그런 어른의 가게가 거의 없었다.

다른 마을에 왔으니 조금은 유흥을 즐기는 것도 나쁘지 않으리라.

솔직히 말해 서큐버스가 경영하는 가게가 아니라도 괜찮다.

홍마의 마을에는 미인 누님이 많으니까 말이지.

너는 메구밍과 좋은 분위기를 유지하고 있으면서 그런 가게에 가고 싶냐, 같은 소리를 하는 이가 있을지도 모른다. 하지만 이런 가게를 가는 건 외도가 아니다.

그저 아리따운 누님들과 같이 술을 마시고 싶을 뿐이다.

나는 마음속으로 그렇게 변명을 늘어놓은 후 각오를 다지며 문을 열었고—.

"어서 와라, 외지인. 혼자라면 카운터석에 앉지 그래?"

남자밖에 없는 가게 안을 둘러본 나는 내 상상과 다른 가게라는 사실을 바로 눈치챘다.

나는 순순히 카운터석에 앉은 후 부질없는 희망을 버리지 못한 나머지, 이렇게 물어보았다.

"으음, 여기는 평범한 술집이죠?"

"그래. 홍마족 제일의 지력을 지닌 이가 가게 명칭을 지어준, 술집 겸 여관이지. 타지에서 온 사람은 다들 똑같은 질문을 하더군."

……홍마족 제일의 지력을 지닌 이?

"그 사람, 혹시 혼욕도, 온천도 아닌 대중목욕탕에 『혼욕 온천』이라는 이름을 붙인 사람 아닌가요?"

"그걸 눈치챈 걸 보면, 손님은 머리가 비상한가 보군. 거기 말고도 이 마을의 관광 명소는 전부 그 사람 아이디어지."

뛰어난 지력과 마력을 그런 쪽으로 낭비하지 말고 마왕군을 상대로 좀 써줬으면 좋겠다.

이대로 가게를 나섰다간 속았다는 걸 공언하는 거나 다름없으니 일단 술을 한 잔 마시고 돌아가야겠다.

금방 나온 술을 홀짝이면서 그런 생각을 하고 있을 때였다.

"타지에서 온 손님, 어서 와. 내 이름은 네리마키. 홍마족 제일의 술집 딸내미! 언젠가 이 가게의 여주인이 될 자! 오빠는 메구융의 동료 같으니까 서비스해줄게. 그 대신, 액셀에서 그 두 사람이 어떻게 지내는지 이야기해주지 않겠어?"

내 눈앞에 주문한 적도 없는 요리가 놓이고 긴 흑발을 지닌 여자애가 내 옆에 앉았다.

메구밍과 융융을 합쳐서 메구융이라고 부르는 것을 보면 두 사람의 동급생인 것 같았다.

먼 타지에서 열심히 살아가고 있는 동포가 신경 쓰이는 것이리라.

네리마키만이 아니라 주위에 있는 다른 홍마족에게도 들리도록—.

나는, 그 두 사람의 활약상을 이야기해줬다.

"—뭐, 뭐어?! 그 융융한테 이성 친구가 생겨?! 그래서?! 걔의 이성 친구는 어떤 녀석이야?!"

"한 명은 금발 양아치지. 다른 한 명은 악마 같은 성격을 지닌 녀석이랄까, 악마 그 자체랄까……."

네리마키는 내 이야기를 듣고 긴 흑발이 흩날릴 정도로 카운터를 손바닥으로 열심히 내려쳤다.

이것으로 융융도 홍마족 사람들에게 외톨이라 불리지 않으리라.

나의 이 선행에 융융이 어떤 식으로 답례를 해줄지 벌써부터 기대되는걸.

"양다리! 옛날에 내 포즈를 함께 연구해줬던 그 퓨어융은 대체 어디에 가버린 거야……?! 그 두 사람은 백합 느낌 물씬 풍겼으니까, 분명 그대로 맺어질 줄 알았는데……."

네리마키가 감개무량한 목소리로 그렇게 중얼거렸지만 나는 얼음이 든 유리잔을 가볍게 흔들면서 성인 남성 느낌을 연출했다.

"참고로 메구밍은 나와 어른스러운 관계를 구축 중이지. 백합은 제삼자의 입장에서 구경하는 건 나쁘지 않지만, 미소녀 두 사람이 맺어져버리는 건 인류에게 있어서 손실이잖아. 나는 마왕군에 의한 인구 감소에 전력을 다해 저항할 생각이야."

"언뜻 듣기에는 멋진 대사 같지만, 결국은 짝짓기를 하겠다는 소리잖아."

내가 네리마키의 태클을 듣고 있을 때 갑자기 술집이 술렁거렸다.

대체 무슨 일인가 했더니—

《브라더? 어이, 브라더잖아!》

2층의 숙소에서 목소리가 들려왔다.

그리고 그쪽을 쳐다보자 잊고 싶어도 잊을 수 없을 만큼 존재감이 어마어마했던 전신 갑옷이 눈에 들어왔다.

《나야, 나! 최고로 튼튼할 뿐만 아니라 노래하고 춤도 추는 신기 중의 신기! 너의 브라더, 아이기스 님이라고!》

여신 에리스를 따라갔던 성스러운 갑옷 아이기스가 바로 그곳에 있었다.

7

《여어, 브라더. 이런데서 너를 볼 줄은 몰랐다고! 이건 운명 아냐? 우리는 상성이 좋은 걸지도 모르겠는걸. 카즈마찌가 미소녀로 다시 태어난다면 내 안에 집어넣어줄게.》

"누가 카즈마찌라는 거야. 그리고 나를 멋대로 브라더라고 부르지 마."

아이기스가 내 옆에 앉더니 네리마키를 손가락으로 가리켰다.

《아가씨는 모유가 안 나올 것 같으니까, 네 체온과 똑같은 온도의 밀크를 줘.》

"갑옷 손님은 밤이면 밤마다 아무렇지도 않게 성희롱을 해대네."

아이기스는 여전히 아이기스다웠다.

《성희롱은 애정표현이야, 아가씨. 내 몸 안에 손가락을 넣어볼래? 포근하다고.》

"최강의 무투파 집단인 홍마족 상대로 그런 소리를 다 하는 거냐. 너는 진짜 대단하네. 바보와 용사는 종이 한 장 차이인걸."

주정뱅이 손님을 상대하느라 성희롱에는 익숙해진 네리마키는 흥미롭다는 듯 아이기스의 갑옷 안에 손가락을 집어넣었다.

나는 그런 무시무시한 광경을 쳐다보고 물었다.

"그런데 왜 이런 곳에 있는 거야? 너는 에리스 님을 따라가지 않았어?"

《맞다! 브라더, 내 이야기 좀 들어보라고! 내 주인님은 진짜 너무하다니깐! 이 나를 소드마스터 형씨에게 주려고 했단 말이야. 게다가 그 자식은 마음에 하나도 안 드는 미남 형씨더란 말이지. 그 녀석의 들러리인 여자애도 성희롱을 했다 하면 불같이 화를 내지 뭐야. 그래서 나, 확 가출을 해버렸어!》

장비품이 멋대로 떠나버렸으니 그 소유주도 고생이 많겠는걸.

"가출을 한 건 알겠는데, 왜 하필이면 홍마의 마을에 온 거야?"

《……홍마의 마을 인근에는 강한 몬스터가 우글거리지. 즉, 나는 그 형씨에게 시련을 내려준 거야. 나에게 어울리는 존재인지 아닌지 파악하기 위한 시련 말이지!》

족장 시련도 그렇고 이 녀석도 그렇고, 왜 하나같이 시련을 좋아하는 걸까.

"손님, 「홍마의 마을은 소문대로 예쁜 누님 천지네! 나, 오늘부터 이 마을 사람이 될래!」라고 전에 말하지 않았어?"

《어이쿠, 아가씨. 신사 앞에서 괜한 소리는 하지 마. 이 녀석은 밀크 값이야. 잔돈은 필요 없으니까 가지라고.》

아이기스는 우유를 가지고 온 네리마키에게 뭔가를 건넸다.

"……뭔가의 파편이네?"

《찬란히 빛나는 마이 보디의 일부지. 순 오리할콘제거든. 나를 팔면 성을 통째로 살 수……. 거기 두 사람 다, 그렇게 무시무시한 시선으로 나를 쳐다보지 말아줄래?》

그러고 보니 이 녀석은 신기(神器)였지.

성 하나 정도는 사고도 남을 거야.

《브라더, 그렇게 얼굴을 들이밀지 말라고. 자, 저 아가씨가 내온 밀크야. 이건 내가 사는 거니까, 한 잔 들이키라고.》

"마시지도 못하면서 주문한 거냐. 그것보다 너는 한동안 이 마을에 머물 거야?"

나에게 우유를 떠넘긴 아이기스는—

《그게 말이지~. 한동안 여기서 미소녀들과 시시덕거린 다음, 주인님을 만나기 위해 에리스 교회에 가볼 거야……. 아가씨, 숙박비는 선불로 줬지? 그러니까 이제 그만 좀 긁어.》

아이기스는 숟가락으로 갑옷 표면을 긁고 있는 네리마키를 향해 그렇게 말했다.

나는 미지근한 우유를 손에 쥔 채 말했다.

"한동안 여기서 지낼 거라니 마침 잘 됐네. 실은 이 마을에서 족장 시련이라는 걸 하고 있거든. 어쩌면 그거 관련으로 부탁할 일이 있을지도 모르는데, 그때는 도와주지 않겠어?"

《어차피 한가하니까 상관은 없는데, 이 애 좀 말려주지 않겠어? 안 그러면 나는 곧 가루가 되어버릴지도 몰라.》

네리마키에게 숟가락질을 당하고 있는 아이기스가 당혹스러운 어조로 그렇게 말했다.

1

술 한 잔 하고 나니 집에 돌아가기가 귀찮아진 나는 그대로 서큐버스 란제리에서 외박을 했다.

그리고 다음날 아침……

메구밍의 집에 돌아갔던 나는—.

"저기요. 우리 파티의 바보 둘을 데리러 왔는데요."

어찌된 영문인지, 홍마의 마을 자경단 대기소에 와 있었다.

"안녕, 와줘서 고마워. 빨리 저 두 사람을 데리고 돌아가."

자경단의 리더인 붓코로리라는 이름의 백수가 지친 표정으로 그렇게 말하더니 한숨을 푹 내쉬었다.

나는 간이 감옥에 갇혀 있는 두 사람을 향해 말했다.

"……정말 내키지 않았지만, 데리러 왔어."

"카즈마, 어제는 대체 어디 갔던 거죠? 당신이 있었다면 잠복 스킬과 적 탐지 스킬로 자경단을 따돌릴 수 있었을 거예요."

감옥 안에서 그런 뻔뻔하기 그지없는 소리를 늘어놓고 있는 메구밍의 옆에는—.

"……너는 아쿠아와 메구밍이 사고를 치려고 하면 말리는 애인 줄 알았어."

"면목 없다……."

귀까지 새빨개진 다크니스가 얼굴을 감싼 채 몸을 웅크리고 있었다.

내가 술집에 간 후, 다크니스는 메구밍의 일과에 동행한 것 같았다.

"그리고, 제가 이곳에 머무는 동안에는 매일같이 이런 일이 벌어지거든요? 그러니 마을 사람들이 익숙해지면 깨끗하게 문제가 해결될 거라고 생각해요."

"네가 무슨 소리를 하는 건지 모르겠거든?"

붓코로리는 메구밍의 말을 듣고 당혹스러운 표정을 지었다.

"아, 이 녀석은 하루에 한 번 폭렬마법을 쓰지 않으면 죽는다고 우기거든요. 그래서 액셀 마을에서는 이 녀석의 폭렬마법이 명물처럼 되어 버렸죠."

"진짜로 무슨 소리를 하는 건지 모르겠네."

내 동료는 그 어떤 일에도 당황하지 않을 듯한 홍마족조차도 곤혹스럽게 만드는 문제아인 것 같았다.

"어쩔 수 없군요. 오늘부터는 해가 지기 전에 일과를 마칠 테니까, 마을 사람들에게 놀라지 말라고 말 좀 해주세요."

"…………."

"그냥 족장 시련이 끝날 때까지 이 녀석을 여기에 가둬두면 안 될까요? 뭣하면 보관비도 지불할게요."

"말도 안 되는 소리 하지 마. 자경단은 문제아 전용 탁아소가 아니라고. 보호자가 잘 챙기란 말이야……."

"어이, 불쌍한 소녀를 문제아 취급하지 말아주실까!"

다크니스가 감옥 안에서 부끄러워 죽겠다는 듯이 몸을 웅크리고 있는 가운데, 문제아가 발끈해서 고함을 질렀다.

"―족장 시련은 아직 치를 수 없나 봐요. 아무래도 파괴된 제1의 시련소가 아직 복구되지 않았다네요……."

메구밍과 다크니스를 회수한 내가 아쿠아를 데리고 융융을 찾아가보니 그녀는 미안해하면서 그렇게 말했다.

"시련소가 복구되지 않았다니, 대체 어떻게 된 거죠? 제가 잠시 이 마을을 떠나있는 동안, 마을 사람들은 꽤 게을러졌나 보군요."

메구밍은 마치 남 일을 이야기하는 말투로 그렇게 말하고 한숨을 내쉬었다.

"네가 시련소를 박살냈잖아?! 저기, 족장 시련 중에는 메구멍은 다른 곳에 가서 놀고 있었으면 좋겠는데……."

"어이, 얼마나 잘났기에 이 몸을 짐덩이 취급하는 건지 어디 한 번 설명해보실까!"

순식간에 머리끝까지 피가 치솟은 메구밍이 발끈하자 융융은 허둥지둥 손을 내저었다.

"따, 딱히, 짐덩이 취급하는 건 아닌데……. 메구밍은 성격상 시련 중에도 얌전히 있지 못할 테니까……. 그리고 시련의 막바지에 멋지게 활약할 기회가 생긴다면, 절대 가만히 있지 못할 거잖아?"

"""아하."""

"다들 납득하지 마세요! 저를 광견이라고 생각하는 건가요?!"

"너, 자기가 5분 전에 어디에 있었는지 잊은 건 아니겠지? 평범한 사람은 평생 감옥 같은 곳과 인연이 없거든?"

메구밍이 고개를 돌린 가운데—

"그건 그렇고, 시련을 못 치른다면 딱히 할일이 없네. 홍마의 마을에는 저번에 왔을 때 돌아봤잖아. 이제부터 뭘 하지?"

융융의 이야기에 따르면 내일은 시련을 치를 수 있다고 했다. 그럼 일단 액셀 마을에 돌아갔다가 다시 오는 것도…….

다들 난처한 표정을 지은 바로 그때였다.

"이 애를 숲으로 돌려보내주고 싶어."

아쿠아가 안락 소녀의 화분을 안아든 채 아쉬움이 묻어나는 어조로 그렇게 말했다.

그 말을 듣고 나는 시련 이외의 목적을 떠올렸다.

"저기……. 홍마족 중 한 명으로서, 마을 근처에 몬스터를 심는 건 반대라고 할까……. 가능하면 토벌하고 싶은데요……."

융융은 지당한 의견을 내놨지만 아쿠아는 그 말을 듣자마자 그녀를 향해 화분을 쑥 내밀었다.

"이렇게 조그마한 애를 토벌할 거야? 융융은 그렇게 냉혹한 사람이었어? 자, 이 애의 눈을 보면서 말해봐!!"

"죄송해요! 죄송해요! 저한테는 무리예요! 정말 죄송해요!"

2

"이 애가 쓸쓸하지 않도록, 마을을 내려다볼 수 있는 언덕 위가 좋겠네."

"아쿠아 씨, 거기는 커플들의 관광 명소인 마신의 언덕이니까 안 돼요. 그냥 숲 깊숙한 곳에 심는 게 어떨까요?"

우리는 모종을 심을 곳을 찾는 아쿠아와 함께 홍마의 마을을 둘러보았다.

"귀찮으니까, 그냥 융융네 집 앞뜰에 심자. 이 마을 사람들이라면 안락 소녀에게 휘둘리지 않을 테고, 새로운 관광 명소로 삼을 수도 있을걸?"

"역시 카즈마는 대단해. 그러면 이 애도 쓸쓸하지 않을 거야. 융융에게도 친구가 생기니 완벽 그 자체네."

"제 생각에도 완벽한 것 같아요. 소중히 기를게요."

"무슨 바보 같은 소리를 하는 거죠?! 융융도 주저 없이 승낙하지 마세요! 몬스터와 친구가 된다는 건 넘어선 안 되는 선을 넘는 행동이라고요!"

이야기가 깔끔하게 정리될 뻔 했는데 메구밍이 허둥지둥 태클을 날렸다.

"저기, 메구밍. 내가 홍마족의 족장이 되면 하려던 게 딱 하나 있어."

"가, 갑자기 무슨 소리를 하는 거죠······. 그리고 대체 뭘 할 건데요?"

메구밍은 당황한 어조로 그렇게 말했고 융융은 배시시 웃으면서 이렇게 말했다.

"나, 전부터 생각한 건데 말이야. 머리가 좋고 대화가 가능한 몬스터를 잡아서, 마을에 몬스터 목장을 만들어 보려고······."

"카즈마와 같은 수준의 발상이거든요?! 그리고 몬스터가 자라면 해치워서 경험치로 삼으려는 거죠?!"

메구밍에게 멱살을 잡힌 융융이 허둥지둥 그 말을 부정했다.

"아, 아냐! 의식주를 완벽하게 제공해주면, 지성이 있는 그 애들은 분명 마음을 열거야! 이건 인간과 몬스터가 영원

토록 반목하지 않게, 공존의 길을 모색……!"

"뭐가 공존이라는 거예요! 정말 뻔뻔하군요! 당신은 몬스터를 백수 놈팡이로 만들어 친구로 삼을 생각인가요?! 그런 짓을 해서까지 친구를 가지고 싶은 거냐고요!"

"가지고 싶어! 당연하잖아!!"

메구밍이 설교를 늘어놓자 결국 융융이 본심을 털어놓았다.

두 사람이 다투기 시작한 가운데, 우리는 안락 소녀 모종을 어떻게 할지를 가지고 골머리를 썼다.

"역시 마을에서 떨어진 곳에 있는 숲에 심어야 할 것 같은데……."

"그러면 이 애가 쓸쓸하지 않을까? 그러고 보니 안락 소녀는 의외로 잘 안 보이는데, 혹시 군생지 같은 게 있지는 않을까? 친구들 곁에 묻어주면 이 애도 쓸쓸하지 않을 거야."

"이런 악랄한 생물이 무리지어 있다면 한꺼번에 확 불태워 버릴 수밖에 없겠지."

"이 애가 무서워하니까 저쪽에 가 있어! 인간 말종 카즈마는 꺼지란 말이야!"

아쿠아가 내 등을 밀면서 꺼지라고 외쳐대자 안락 소녀는 그런 아쿠아를 향해 손을 내밀고 꺄아꺄아 하고 웃었다.

—홍마의 마을 뒤편에는 거대한 산맥과 광대한 숲이 펼쳐져 있었다.

우리는 지금, 그런 숲 속으로…….

"우와아아아아아앗~! 융융~! 융융~!!"
"『라이트 오브 세이버』!!!"

아쿠아를 덮치려 하던 일격곰을 융융이 마법으로 해치웠다.

"『저격』!『저격』!!『저격』!!! 우아앗! 융융! 융융! 도와줘, 융융!!"
"『라이트닝 스트라이크』—!!"

숲과 동화한 나무 몬스터가 우리를 포위했고 융융은 낙뢰를 떨어뜨려서 그것들은 전부 숯덩이로 만들어버렸다.

"아앗! 이 녀석은 그 유명한 패럴라이즈 슬라임! 사냥감을 마비시킨 후, 약산성인 몸으로 감싸서 서서히 녹이는 위험한 몬스터다! 평범한 인간은 몸과 장비가 전부 녹아버리겠지만, 내가 저 녀석에게 잡히면 옷과 장비가 먼저 소화되겠지! 하지만 안심해라, 카즈마! 나는 그 어떤 치욕에도 굴하지……."
"『인페르노』——!!!!!"

다크니스를 향해 몰려오던 슬라임들이 작열 마법에 의해 증발했고—.

"······융융, 잠깐 저 좀 봐요."

아쿠아가 주위에 남은 불길을 끄고 다크니스가 슬라임의 잔해 옆에서 울먹거리고 있는 가운데, 파티의 제일 뒤편에 있던 메구밍이 입을 열었다.

"메구밍, 왜 그래? 지금 서치 마법으로 주위를 경계하고 있는데······. 아, 여기서 대각선 앞쪽에 몬스터가 있네요! 저한테 맡겨주세요. 단숨에 섬멸······."

"섬멸 안 해도 돼요! 그것보다 뭐 잘못 먹었어요? 오늘은 엄청 호전적이네요."

숲에 들어선 우리는 홍마의 마을 인근의 몬스터를 상대로 따끔한 신고식을 치르고 있었지만—.

"그렇게 호전적이야······? 뭐, 마을 주변의 몬스터를 줄이는 것도 족장의 임무 중 하나잖아? 게다가 아직 마력이 남아있고, 여차할 때에 대비해서 마나타이트도 이렇게 잔뜩······."

"기합이 너무 들어갔잖아요! 그리고 고가의 마나타이트를 뭘 그렇게 잔뜩 가지고 있는 거죠! 전쟁이라도 일으킬 셈이에요?! 저희는 파티니까, 혼자서 전부 해결하려고 할 필요는 없어요."

융융이 호주머니 안에 잔뜩 들어있는 돌을 꺼내서 보여주자 메구밍은 지팡이를 휘두르며 설교를 했다.

하지만 융융은 갑자기 히죽거리기 시작하더니—.

"파티…… 헤헤, 에헤헤헤……."

"기분 나쁘니까 웃지 마세요! 왜 갑자기 헤실거리는 거죠?! 설교를 하는 사람한테 너무 무례한 거 아닌가요?!"

아무래도 융융은 다른 사람과 제대로 된 파티를 짜보는 게 거의 처음이라서 기합이 잔뜩 들어간 것 같았다.

"나쁠 건 없잖아. 융융이 전부 해치워주면 우리야 고맙지, 뭐. 위험을 감수할 필요도 없고 편하니까, 딱히 문제될 건 없지 않아?"

"슬라임…… 슬라임…… 패럴라이즈 슬라임……."

내가 안타까운 표정으로 중얼거리고 있는 다크니스를 깔끔하게 무시하고 그렇게 말했다.

"문제 많거든요?! 융융만 이렇게 활약을 하면 저는 나서지도 못하잖아요! 이 주변의 강한 몬스터에게 화끈하게 한 방 날려주고 싶단 말이에요!"

"네가 왜 고향에 돌아온 건지 알고 있는 거야?! 모험이나 레벨업을 하러 온 게 아니라고!"

바로 그때, 융융의 곁이 가장 안전하다는 것을 학습한 아쿠아가 그녀의 곁에 찰싹 붙은 채 이렇게 말했다.

"저기, 카즈마. 메구밍이 너무 귀찮게 구니까, 확 마법을 쓰라고 한 다음에 업고 다니자."

"그래. 짐덩이가 되면 덜 귀찮겠지. 그렇게 하자."

"아쿠아한테 이런 소리를 듣게 될 거라고는 생각도 못했어요! 안 쏠래요! 모처럼 마을에 돌아왔는데, 졸개 상대로 폭렬마법을 쓰지는 않을 거라고요!"

내가 억지를 부리는 메구밍에게 어떤 설교를 해줄지 고민하며 한숨을 내쉰 순간—.

내 목덜미가 서늘해졌다.

"『익스플로전』——!!!!!"

메구밍이 무영창으로 펼친 폭렬마법은 절묘한 컨트롤에 의해 나무 사이를 가르고 날아가더니 그대로 숲 속 깊숙한 곳에 꽂혔다.

그리고 굉음을 내며 휘몰아친 폭풍이 주위의 나무들을 쓸어버리는 가운데……

"이게 무슨 짓이야아아아아아아아아아아앗!"

바람에 휘말려 날아간 융융이 비명 섞인 고함을 질렀다.

3

홍마의 마을 입구에서 붓코로리가 질문을 던졌다.

"저기, 숲 쪽에서 엄청난 소리가 들렸는데……."

우리는 그 질문을 듣고—.

"메구밍이 발끈해서 사고 쳤어요."

"잠깐만요! 제가 느닷없이 마법을 쓴 건 맞아요! 그래도 아까 몇 번이나 말했다시피, 그럴 수밖에 없는 이유가 있었다고요!"

아쿠아가 고자질을 하자 메구밍은 허둥지둥 변명을 늘어놓았으나—.

"음음, 그래. 이유가 있겠지. 짜증이 치솟아서 마법을 쓴 거야? 아니면 커다란 벌레라도 몸에 붙어서 놀란 거지?"

"이 남자는 정말……!"

등에 업힌 메구밍이 내 목을 졸라댔다.

"그 이유를 묻는 거잖아! 질질 끌지 말고 빨리 말해!"

"으……. 하지만, 여러분이 믿어주지 않을 것 같은데……."

융융이 따지듯이 그렇게 말했고 메구밍은 갑자기 우물쭈물했다.

"나는 메구밍이 허튼 소리를 하지 않는다는 걸 알고 있지. 걱정하지 마라. 다른 사람은 믿지 않더라도, 나는 네 말을 믿어주마."

"다크니스……."

두 사람이 꽤 괜찮은 분위기를 자아내고 있을 때 붓코로리가 또 질문을 던졌다.

"그런데, 대체 무슨 일이 벌어졌던 거야?"

메구밍은 심각한 표정을 짓더니—.

"폭살마인 모구닌닌이 나타났어요."

"멍청한 소리 지껄이면 확 내다버릴 거야."

나는 등에 업힌 메구밍을 내려놓으려 했고 그녀는 필사적으로 나한테 매달렸다.

"이래서 아무도 제 말을 믿지 않을 거라고 말한 거예요! 다크니스, 이 남자를 꾸짖어 주세요!"

"어……. 저, 저기……. 그래. 나는 몬스터에 해박하지는 않지만, 모가닌닌이 우리를 공격하려고 했던 건가. 역시 메구밍은 대단하군! 잘했다!"

"이름도 틀린 데다, 말투도 교과서 읽는 것 같잖아요! 다크니스만은 믿어줄 줄 알았는데……!"

메구밍이 난리법석을 떠는 가운데, 붓코로리가 한숨을 내쉬었다.

"하아, 모구닌닌이 나타났다는 것보다 훨씬 나은 변명도 있을 텐데……."

"다른 몬스터라면 몰라도, 제가 폭발 능력을 지닌 몬스터를 헷갈릴 리가 없잖아요! 모구닌닌이 숲 속에서 카즈마를 뚫어져라 쳐다보고 있었어요. 상대는 바로 그 폭살마인이니까, 영창을 생략한 폭렬마법 정도로는 해치우지 못했을 거예요."

홍마족들이 범상치 않은 분위기를 자아냈고 나는 그제야 농담을 하고 있는 게 아니라는 사실을 깨달았다.

"폭살마인이 뭐야? 우리를 놀리는 게 아닌 거야?"

메구밍은 내 말을 듣더니 고개를 저었다.

"폭살마인 모구닌닌. 원래 홍마의 마을에 있는 정체불명의 시설에 잠들어 있던 정체불명의 몬스터인데, 폭발마법이 특기죠. 서투르게 말을 하기는 하지만 내용을 전혀 알아들을 수 없는 데다, 홍마족 이외의 인간을 보면 공격하는 습성을 지녔어요. 그리고 밤이 되면 이유도 없이 폭발마법을 써댄다고 해요."

"엄청 민폐스러운 습성을 지녔네. 네 사촌 같은 정체불명의 몬스터가 나를 노리고 있다는 거야?"

폭발마법은 폭렬마법의 하위호환에 해당하는 공격 마법이다.

그런 것을 쓰는 몬스터가 나를 노린다니…….

바로 그때, 붓코로리가 우리의 대화에 끼어들었다.

"폭살마인 모구닌닌은 원래 숲 속 깊은 곳에서 나오지 않아."

"너, 이 마을에 머물면서 매일같이 폭렬마법을 쏘려고, 거짓말을 하는 거지?"

"무슨 소리를 하는 거예요?! 제가 폭렬마법 좀 쓰자고 이런 말도 안 되는 소리를 한다는 건가요?!"

메구밍이 눈곱만큼도 설득력이 없는 소리를 하자 붓코로리는 어깨를 으쓱했다.

"메구밍은 옛날부터 툭하면 이상한 소리를 했잖아. 찬란히 빛나면서 동쪽 하늘로 날아가는 정체불명의 물체를 봤다는 둥, 자기가 전생에 파괴신이었다는 둥, 폭렬마법을 쓰는 마법사는 글래머가 된다는 둥…….”

“제가 한 말을 전혀 믿지 않는 건가요?! 백수 주제에 건방지군요!”

“시, 시끄러워! 백수랑 이 일은 상관없잖아! 그것보다, 숲에서 폭렬마법을 쓰지 마. 몬스터가 자극을 받아서 성가신 일이 벌어질 수도 있거든. 평소라면 몰라도 족장 시련을 치르는 이 시기에는 좀 얌전히 지내라고.”

붓코로리는 그렇게 말하고 볼일을 마쳤다는 듯 돌아갔다.

“—진짜로 폭살마인 모구닌닌이 있었어요. 그러니까 카즈마는 마을 밖으로 나가지 마세요. 모구닌닌은 홍마족 이외의 인간 남성, 특히 검은 머리에 검은 눈동자를 지닌 사람을 눈엣가시처럼 여기거든요.”

“왜 그렇게 특정 인물만 철저하게 노리는 건데? 그것보다, 그 녀석은 숲 속 깊은 곳을 벗어나지 않는다며? 커다란 투구벌레와 헷갈린 거 아냐?”

“그런 것과 헷갈릴 리가 없잖아요! 카즈마는 족장 시련에 파트너로서 참가하지 마세요. 저도 시련에 파트너로 참가하는 게 금지됐거든요. 그러니까 융융의 파트너 역할은 아쿠아나 다크니스에게 맡기죠.”

"나만 믿어."

"자, 잠깐만 있어봐! 그건 엄청 곤란하거든?! 아, 두 분이 제 파트너가 되는 게 싫다는 건 아니에요!"

융융은 허둥대면서 그렇게 말했고 다크니스는 상냥한 미소를 머금으며 입을 열었다.

"크루세이더의 본분은 바로 누군가를 지키는 것이다. 안심하고 나만 믿어라. 반드시 지켜주마."

"다, 다크니스 씨……."

"내가 있으니 이제 걱정할 필요 없어. 융융이 강한 몬스터에게 당하더라도, 내가 즉시 리저렉션으로 되살려줄게!"

"아쿠아 씨……. 아, 리저렉션을 써야 하는 상황이 벌어지지 않도록 해주시면 감사하겠는데요……."

융융이 감동했다고 보기에 좀 미묘한 표정을 짓는 가운데ㅡ.

"어……. 시련이나 파트너 같은 건 왕도 판타지 같아서 오랜만에 의욕이 생겼는데 말이야."

"카즈마는 저와 함께 이 마을 안에 있죠. 마을 안을 안내해 줄게요. 참, 동급생의 부모님이 운영하는 선술집도 있어요."

"거기는 안 가도 돼. 성가신 녀석이 거기서 지내고 있거든."

결국…….

나는 홍마의 마을에서도 백수 생활을 하게 됐다.

"저기 말이야. 결국 이 애를 못 심었는데, 어떻게 하지?"

""""앗.""""

4

그날 밤.

"그래서 내일부터 할 일이 없어졌는데, 혹시 도울 일은 없나요?"

나는 귀가한 메구밍의 어머니에게 도울 일이 없는지 물어보았다.

메구밍의 집에서 가장 햇살이 잘 드는 곳을 독점한 후 뻔뻔하게 낮잠이나 자고 있는 저 철면피 여신과는 다르거든.

이 집에서 지내기로 했으니 그 정도는 해야 한다고 생각했다.

"어머나, 도와줄 거예요? 내일은 마도구 제작에 쓰이는 소재를 모으기 위해, 이 나라에서 가장 깊은 던전에 들어갈 건데……."

"죄송한데, 세탁이나 설거지처럼 좀 무난한 일거리는 없나요?"

나는 홍마족의 일을 돕기에는 아직 이른 것 같았다.

"저기, 카즈마. 모구닌닌이 좀 신경 쓰여서 그러는데, 내일은 저와 정체불명의 시설을 탐험하러 가지 않겠어요?"

"아직도 그 골 때리는 이름을 지닌 몬스터에게 집착하고 있는 거야?"

내일부터 융융의 족장 시련이 시작된다.

그리고 첫 시련의 파트너는 본인의 굳은 의지에 따라 다크니스가 맡기로 했지만—.

"그럼 나도 같이 갈래! 정체불명의 시설이라면, 왠지 보물이 잠들어 있을 것 같지 않아?"

남의 집 저녁 식사자리에서 거리낌 없이 술을 마셔대던 아쿠아가 그렇게 말했다.

"사람들이 구석구석까지 뒤진 시설이니까, 아마 아무것도 없을걸?"

홍마족의 말에 따르면 무엇을 위해 만든 건지도 확실치 않은 정체불명의 시설이라고 했다.

지금은 관광 명소 중 하나가 된 것 같은데…….

"때로는 모험가답게 탐험을 하는 것도 괜찮지 않겠어요? 카즈마는 운이 좋으니까, 괜찮은 걸 발견할지도 몰라요."

"……왜 내가 없을 때만 모험가다운 일을 하는 거냐……."

다크니스가 쓸쓸함이 묻어나는 목소리로 그렇게 투덜거렸다.

"그럼 내일에 대비해 오늘은 일찍 잠을 청하도록 할까요. 아쿠아도 술은 적당히 마셔요. 그럼 저는 먼저 실례할게요……."

메구밍은 그렇게 말하면서 몸을 일으키더니 자신의 방으로—.

"그래. 일찍 자는 것도 좋겠지. 미안해요, 카즈마 씨. 이 집에는 즐길 거리가 없답니다……. 뭐, 내 딸과 한방에서 애정 행각을 벌이는 건 나름 즐거운 오락일 거라고 생각해요. 우후후후훗."

유이유이의 그 말을 들은 순간, 메구밍의 표정이 얼어붙었다.

"부모라는 사람이 갑자기 무슨 소리를 하는 거예요. 과년한 딸한테 무슨 짓을 시키려는 거냐고요!"

메구밍이 발끈했지만 유이유이는 딱히 당황하지 않았다.

"이런 시골 촌구석의 오락이라고 하면 뻔하잖니. 빨리 손주의 얼굴을 보여주렴."

"딸을 가지고 야한 농담을 하지 말아주겠어요?! 카즈마도 무슨 말 좀 해보세요!"

"따님은 체격상 아직 아이를 낳기에 이르다고 생각해요. 그러니 좀 더 자란 후에……."

"이미 충분히 자랐으니까 아이도 낳을 수 있어요! 아니, 그게 아니라 말이죠?! 으으, 어떻게 해야……!"

메구밍이 혼자서 야단법석을 떨자 나는 타이르는 어조로 말했다.

"이미 밤이 깊었으니까 목소리 좀 낮춰. 그리고 발언에 주의 좀 해. 아이를 낳을 수 있다는 소리를 이웃들이 듣기라도 했다간, 너만 부끄러울 거라고."

"이럴 때는 그런 정론을 듣고 싶지 않거든요?! 누구 때문에 이렇게 된 건지 알기는 해요?!"

"참고로 나 정도 체격이면 애를 언제든 낳을 수 있을 거다."

"다크니스까지 바보 같은 소리 좀 하지 마세요! 이제 그만 잠이나 자라고요!"

"『슬립』."

유이유이가 그렇게 말하자 메구밍은 그대로 카펫에 쓰러졌다.

주저 없이 마법으로 딸을 재운 유이유이는 환한 미소를 짓고 말했다.

"자, 이제 입맛대로 요리해 드세요! 밤은 기니까, 얼마든지 즐길 수 있을 거랍니다."

"저기, 죄송한데요. 저도 잠든 여자애한테 장난을 치는 건 좀……."

딸의 인권을 무시하는 유이유이를 보고 내가 약간 질린 순간, 다크니스가 자리에서 벌떡 일어났다.

"이런 건 서로의 합의가 중요하지! 이런 식으로 선을 넘는 건 절대 용납 못한다! 설령 메구밍의 부모님일지라도—."

"『슬립』."

유이유이는 말을 늘어놓고 있는 다크니스에게 눈길 한 번 주지 않고 바로 마법으로 재웠다.

"……부모님일지라도 절대 좌시할 수 없다! 크루세이더의 본분은 지키는 것이다! 메구밍의 정조는 내가 지키겠다!"

"겨, 견뎌냈어?! 내 슬립은 특히 강력한데……."

다크니스는 견고한 정신력과 뛰어난 마법 저항력, 그리고 상태 이상에 대한 내성을 지녔다.

자신의 마법이 통하지 않자 유이유이는 경악했다.

"큭……! 예전에는 간단히 잠들었는데……! 아무래도 꽤 레벨이 올라간 것 같네!"

"더스티네스의 이름을 짊어진 내가 같은 상대에게 두 번이나 당할 것 같으냐! 쓸 수 있는 건 슬립뿐이냐? 자, 나를 무력화 시켜봐라!"

다크니스는 그렇게 멋진 대사를 읊으면서 유이유이와 대치하더니……!

"그럼 이건 어때?! 『패럴라이즈』!"

"물러! 낮에 마을 인근의 숲에서 본 패럴라이즈 슬라임도, 이것보다는 나은 마비 공격을 펼쳤다!"

의기양양하게 가슴을 펴는 다크니스와 술에 취해 뻗어버린 아쿠아를 곁눈질한 후…….

나는 잠든 메구밍을 업은 채, 그대로 방으로 향했다.

창문을 통해 달빛이 스며들어왔다.

그 빛이 곤히 잠든 메구밍의 얼굴을 어둠 속에서 떠오르게 했다.

신사인 나는 물론 메구밍에게 아무 짓도 하지 않았다.

그저 침대에서 잠든 메구밍의 옆에서, 자신의 팔을 베개 삼아 잠들어있는 그녀의 순진무구한 얼굴을 지켜보았다.

"……으음……. 나의 힘…… 이제야말로 금단의 봉인을…… 이 세상의 모든 것을 멸하노라……."

메구밍은 순진무구와는 동떨어진 잠꼬대를 중얼거리면서 몸을 뒤척였다.

그러다 옆에 내가 있다는 걸 눈치챈 건지 이윽고 희미하게 눈을 뜨더니―.

"……저기, 지금 뭘 하고 있는지 물어봐도 될까요?"

"사랑하는 사람이 잠자는 모습을 보고 있었어."

메구밍이 벌떡 몸을 일으켰다.

"사, 사랑하는 사람?! 그리고 왜 상반신 알몸 상태인 거죠?!"

"아, 눈을 떴을 때 옆에 알몸인 이성이 있으면 보통은 무슨 일이 있었다고 생각하지 않겠어?"

나는 상반신에 아무것도 걸치지 않은 채 메구밍의 옆에서 누워 있었다.

메구밍은 나한테서 떨어지더니 자신의 몸을 만지작거리며 확인하기 시작했다.

"당연히 그렇게 생각하죠! 할 거 다한 후 같잖아요! 앗?! 잠깐만요! 브래지어가 없어요!"

"가슴이 답답하면 잠자기 힘들 것 같아서 말이야. 그리고 잘 때 브래지어를 안 하는 편이 가슴 발육에 더 좋다는 이야기를 들은 적이 있거든."

나는 베갯머리를 손가락으로 가리켰고 메구밍은 그곳에 놓여있는 브래지어를 향해 손을 뻗었다.

"진짜 괜한 배려 하나는 끝내주게 잘하네요! 평소에는 그렇게 눈치가 없으면서, 왜 이럴 때만 배려가 넘치는 거냐고요! 아무리 카즈마라도 제가 잠든 사이에 브래지어를 만지는 건……."

"걱정하지 마. 나는 신사라서 스킬로 벗겼어."

"진짜 괜한 친절만 마구 발휘하네요! 카즈마가 으스대니까 짜증이 치솟아요! 실수로 제 팬티를 벗겼으면 어쩔 뻔 했냐고요!"

메구밍은 몸을 가린 로브 안으로 브래지어를 쥔 손을 집어넣더니, 그대로 몸을 꼼지락거렸다.

"뭐, 진정해. 몇 번이나 한 이부자리에서 같이 잤는데, 아무 일도 없는 것도 좀 식상하잖아. 때로는 메구밍을 놀래주자고 생각했지. 어때? 깜짝 놀랐어?"

"놀랐어요! 진짜로 아무 일도 없었던 거죠?! 기억도 못하는 사이에 어른이 되어버리는 건 싫거든요?!"

브래지어를 착용한 메구밍이 로브 밖으로 팔을 뺐다.

"나는 그런 짓을 할 배짱이 없으니까 걱정하지 마. 나를 믿으라고."

"엄청 설득력이 있지만, 좋아하는 사람이 그런 소리를 하니 한심하게 느껴지잖아요!"

거친 숨을 내쉰 끝에 겨우 마음이 진정된 듯한 메구밍이 입을 열었다.

"정말, 제 어머니는 정말 당치도 않은 사람이네요……. 딸에게 슬립을 걸어서 외간남자와 동침을 시키다니, 너무 비상식적이에요……."

"네 어머니니까 비상식적인 것도 이해가 되는데……."

메구밍은 한숨을 내쉬고 내 옆에 앉더니 다리를 쭉 뻗었다.

불평을 늘어놓으면서도 이렇게 같이 있어주는 건 나름 오랜 시간을 함께 했기 때문일까.

"저도 카즈마와 그런 관계가 되는 게 싫지는 않아요. 하지만 엄마의 주도 하에 친가에서 그러는 건 좀……."

"하지만 메구밍과 분위기가 좋을 때마다 방해를 받는걸.

요즘 들어서는 평생 동정으로 살아야 하는 저주에 걸린 건 아닐까 하는 생각이 들어. 아쿠아에게 저주가 걸린 건 아닌지 봐달라고 했지만, 매번 괜찮다던데 말이야."

매번 선을 넘으려고 할 때마다 방해를 받는 건 대체 어째서일까.

나는 원래 운이 좋은 편인데, 이상하잖아.

나를 몰래 연모하고 있는 에리스 님이 방해를 하는 거라면 이해는 되지만…….

"대체 어디 사는 누구 씨가 그런 어이없는 저주를 걸겠냐고요……."

"내가 순결을 지키기 바라는 팬이 있을지도 모르잖아. 나, 이래 봬도 요즘 이성한테 인기가 있거든? 액셀의 모험가 길드로 내 팬을 자칭하는 미인 모험가가 찾아왔을 정도라고."

내가 그 말을 입에 담은 순간, 메구밍의 눈썹이 꿈틀거렸다.

"……액셀에 돌아가면 그 사람을 만날 건가요?"

"먼 곳에서 나를 만나러 일부러 와 줬으니까, 당연히 만나야 하지 않겠어? 뭐, 악수나 하고 사인을 해줄 뿐이야. 이런 일이 있을 줄 알고 사인 연습을 해뒀거든. 항상 신세를 지고 있는 액셀 모험가 길드의 기둥에도 몰래 사인을 해뒀지."

후후, 이게 질투라는 건가.

메구밍한테는 좀 미안하지만 때로는 이렇게 상대방을 애태우는 것이 바로 사랑의 줄다리기…….

"길드 접수처의 언니가 사인을 지우면서 화를 내던걸요? 그리고 카즈마가 멋대로 낙서를 하지 못하도록 따끔하게 한 마디 해달라고 했어요."

"너무해! 수십 년 후에는 내가 사인을 해둔 기둥이 비싼 가격에 팔릴 거라고!"

내가 발끈하자 메구밍이 어둑어둑한 방 안에서 웃음을 터뜨렸다.

"그럼 제가 카즈마의 사인을 받아줄게요. ······사토 카즈마. 정말 멋진 이름이라고 생각해요."

"메구밍에게 이름 가지고 칭찬을 받으니 마음이 복잡한데······."

"어이, 방금 내 칭찬을 어떤 의미로 받아들였는지 어디 한번 말해보실까."

메구밍이 비난을 했지만 사토 일족의 장남으로서는 방금 그 말을 할 수밖에 없었다.

불평을 늘어놓던 메구밍은 내 옆에 털썩 드러눕더니 내 팔을 베개 삼으며 무방비하게 침대 위를 굴러다녔다.

이런 밤늦은 시간에 단둘이 있는 상황에서도 이런 짓을 할 수 있을 만큼, 나를 신뢰하고 있는 것이리라.

어쩌면 나를 유혹하고 있는 걸지도 모른다는 생각이 들었지만 나도 학습능력이라는 게 있다.

게다가 메구밍도 아까 말했다시피, 상대방의 부모님이 있는 집안에서 그런 행위를 하는 것은—.

"저기, 카즈마. 잠시 괜찮을까요?"

"괜찮지 않겠지."

"…………."

"이런 소리를 해서 미안한데, 닿았어요. 게다가, 저기, 커진 것 같거든요?"

"신경 쓰지 마."

생리 현상이니 어쩔 수 없잖아.

사춘기 남자애가 여자애와 딱 붙어서 누워 있으니 이렇게 되지 않는 게 이상한 거라고……

"혹시나 해서 말해두겠는데, 내 소중한 부위를 공격하지는 마. 이 녀석은 부끄럼쟁이일 뿐만 아니라 섬세하거든."

"생리 현상 정도로 그런 짓 안 해요. 제가 다가가서 이렇게 된 건데, 공격을 할 거라고 생각했어요? 대체 제가 얼마나 어처구니없는 애라고 생각한 거죠?"

확실히 다크니스와 비슷한 상황에 처했을 때는 어처구니없게도 공격을 당했다.

……바로 그때, 메구밍의 시선이 내 소중한 부위를 향하고 있다는 것을 눈치챘다.

"너도 사춘기 여자애니까 이성의 몸이 신경 쓰이겠지만, 그렇게 뚫어져라 쳐다보는 건 좀 그렇거든?"

"앗! 아, 아니에요! 저기, 매번 이런 상황에서 계속 참게

했다고 생각하니 왠지 좀 안 된 것 같아서……."

내 말이 그 말이야!

게다가 여기는 홍마의 마을이라서 그렇고 그런 가게에 갈 수도 없다고…….

그러니 하다못해 한 5분만이라도 혼자 있게 해줘.

"……저기, 제가 좀 도와드릴까요?"

이제 나를 피 말려 죽이려는 듯한 짓 좀—.

"방금 뭐라고 했어?"

"표정이 왜 그렇게 진지한 거예요?! 그, 그러니까, 도와드 리겠다고……."

뭐……!

"에로! 에로밍! 너는 다크니스가 말한 것처럼 내숭 색골이야!"

"한밤중에 고함 좀 지르지 마요! 그리고 누가 내숭 색골이 라는 거죠?!"

아니, 그게……!

"메구밍이 말도 안 되는 소리를 했잖아! 자기가 무슨 소리 를 한 건지 알기는 하는 거야?! 인마, 도와주겠다는 건, 그 러니까……!"

"너무 강조하지 마세요! 항상 선을 넘을락 말락 하는 상태 에서 방치돼서 좀 안됐다는 생각이 눈곱만큼 든 것뿐이란 말이에요!"

이 녀석은 돕는다는 게 어떤 의미인지 알기는 하는 건가?!

어떤 식으로 도와준다는 걸까? 감상 재료를 제공해준다는 의미일까?

아니면 직접 이것저것 해준다는 건가…….

아니, 그것보다……!

"그런 쪽 경험이 전혀 없는 연하의 여자애에게 그런 짓을 시킨다는 건, 그냥 선을 넘는 것보다 문제가 많은 느낌이 드는데……."

"말 한 마디 한 마디가 너무 음탕하거든요?! 솔직히 말하자면, 제가 남자한테 도발만 실컷 해놓고 아무것도 해주지 않는 악녀처럼 느껴지거든요……. 뭘 어떻게 하면 되는지는 모르지만, 카즈마는 이런 상황에서 방치당할 때마다 항상 괴로워하는 것 같았으니까……."

흥분과 긴장 때문인지 눈이 붉게 빛나고 있는 메구밍이 부끄러움을 타듯 고개를 돌렸다.

"당연히 괴롭지! 나는 전부터 너를 마성의 메구밍이라고 생각했다고!"

"그런 식으로 부르지 마세요! 제대로 책임을 져준다면 선을 넘어도 괜찮다는 말이라고요!"

나는 연하 여자애의 집에서 한밤중에 무슨 소리를 하고 있는 걸까.

이제부터 대체 뭘 시키려는 걸까.

게다가 방금 눈치챈 건데, 나는 아직 상반신 알몸 상태잖아!

"할 건가요?! 안 할 건가요?! 솔직히 말해 저도 슬슬 부끄럽단 말이에요!"

"나도 부끄럽거든?! 너희 부모님이 아래층에서 자고 있는데, 그런 쪽으로 미경험자인 여자애에게 이런저런 지시를 내리며 이것저것 시켜야 한다고! 이런 플레이, 가게에 가서 하려면 돈을 얼마나 줘야 할지 상상도 안 돼!"

"바보 같은 소리 그만하고 할 거면 빨리 하자고요! 카즈마는 괜한 소리 좀 하지 마세요!"

"하, 하지만 아직 마음의 준비가 안 됐거든?! 알았어, 알았다고! 어차피 또 방해를 받을 게 틀림없어! 그런 저주에 걸린 게 분명하다고! 하지만 기대를 하게 돼! 오히려 이런 달콤쌉싸름한 일들 때문에 내 가슴이 두방망이질 친단 말이다!"

"알았으니까 빨리 벗기나 해요! 이렇게 시끄럽게 떠드는데도 방해꾼이 나타나지 않잖아요! 그러니까 분명 오늘 밤에는……."

―메구밍이 거기까지 말한 바로 그때였다.

홍마의 마을 인근의 숲에서 폭발음이 들려왔다.

나는 메구밍과 시선을 마주한 후―

"……내 말 맞지?"

"…………내일, 아쿠아에게 브레이크스펠을 걸어달라고 하죠."

6

욕구불만과 함께 마음 한편으로 안도감을 느낀 하룻밤이 지나갔다.

"어이, 뭐가 어떻게 된 건지 어디 말해보실까!"

"뭐가 어떻게 된 건지 듣고 싶은 건 바로 우리라고, 메구밍!"

아무 일도 없었다는 얼굴로 거실에서 아침을 먹고 있을 때, 붓코로리를 비롯한 홍마족들이 이 집에 몰려왔다.

"느닷없이 무슨 소리를 하는 건지 모르겠지만, 일단 놔주지 않겠어요? 이건 여자애에게 할 짓이 아니라고 생각해요."

"……좋아. 대신, 도망치거나 난동을 부리지 않겠다고 약속해주겠어?"

붓코로리는 메구밍을 제압한 상태에서 그렇게 물었다.

메구밍이 아무 말 없이 고개를 끄덕이자 붓코로리는 그녀를 풀어줬고—.

"방심했군요! 확 숨통을 끊어주겠어요!!"

"으극?! 거, 거짓말쟁이! 메구밍은 거짓말쟁이~!"

풀려나자마자 붓코로리에게 달려든 메구밍이 그대로 초크 슬리퍼를 걸었다.

"당신은 마왕군이나 몬스터와 한 약속을 지키나요? 백수는 슬라임보다 못한 존재예요. 그런 생물과 한 약속을 지키는 게 오히려 멍청한 짓이라고요!"

"어, 어이, 메구밍! 그 사람, 진짜로 죽을 것 같으니까 그만 풀어줘! 그리고 백수를 너무 나쁘게 보지는 말라고!!"

나는 메구밍을 말렸고, 축 늘어진 채 꼼짝도 하지 않는 붓코로리를 다른 홍마족들이 허둥지둥 간호했다.

얼굴이 새파랗게 질린 붓코로리의 호흡이 겨우겨우 되돌아왔을 때, 이런 소동이 일어난 와중에도 느긋하게 차를 마시던 아쿠아가 입을 열었다.

"그런데, 이게 대체 무슨 일이야? 우리 메구밍이 무슨 짓을 한 건데?"

홍마족들은 그 말을 듣고 서로의 얼굴을 쳐다본 뒤 이렇게 말했다.

"어젯밤에도 마을 인근에서 폭발이 일어난 건 알고 있어?"

"미안하다! 앞으로는 이런 일이 없게 하겠다! 자, 메구밍도 사과해라!"

"다크니스, 멋대로 사과하지 마세요! 그리고 폭발이 일어났다는 말만 듣고 무조건 내가 했다고 단정 짓지 말아주실까!"

다크니스가 넙죽 엎드리며 용서를 비는 가운데, 메구밍은 설득력이 눈곱만큼도 느껴지지 않는 발언을 입에 담았다.

"그럼 너 말고 누가 이런 짓을 하겠냐고."

"으음, 우선 메구밍의 알리바이를 들어보자. 어젯밤에는 어디서 뭘 했어?"

홍마족이 심문을 하듯 캐묻자 메구밍은 얼굴을 붉히더니—.

"마, 말 못해요……."

기어들어가는 목소리로 그렇게 말했다.

"거 봐! 메구밍의 짓이 분명하다니깐! 나를 백수 취급하며 목을 조른 걸 사과해! ……그러고 보니 옛날에 홍마의 마을에서 일어났던 폭발 소동도 메구밍 짓 아냐? 밤이면 밤마다 폭발이 일어나는 사건이 벌어졌을 때, 그건 마을에 침입한 여악마의 소행이라고 증언했던 사람은 다름 아닌 메구밍이잖아?"

붓코로리가 그렇게 말한 순간, 나는 메구밍이 마치 찔리는 구석이 있는 것처럼 식은땀을 흘리는 모습을 두 눈으로 똑똑히 봤다.

"방금 그 말을 듣고 메구밍이 뜨끔했어! 알리바이를 말 못하는 걸 보면, 역시 네가……!"

"왜 카즈마까지 같이 저를 규탄하는 거죠?! 어젯밤에 당신과 함께 있었던 게 부끄러워서 말 못하는 것뿐이란 말이에요!"

메구밍은 그렇게 말했고 홍마족들이 뭔가를 눈치챈 반응을 보였다.

"그래……. 내가 여동생처럼 여겼던 메구밍도 어느새 어른이 됐구나……. 식사를 방해해서 미안해."

"그 메구밍이……. 세상일이라는 건 참 모르는 거네. 사랑 같은 거랑 가장 인연이 없어 보였는데……."

"함께 있기만 했지, 딱히 아무것도 안했어요! 마을 사람들한테는 쓸데없는 소리를 하지 마세요!"

얼굴이 빨개진 메구밍이 백수들을 집에서 쫓아내려고 했다.

"혹시나 해서 묻는 건데, 진짜로 네가 한 게 아니지?"

"폭발음은 카즈마도 저와 함께 들었잖아요! 게다가 어제는 안락 소녀를 심으러 가는 길에 마법을 썼어요. 그런데 왜 제가 의심을 받아야 하냐고요!"

우리는 그 말을 듣고 납득하여 손뼉을 쳤다.

"그럼 이게 대체 어떻게 된 거지? 메구밍이 늘어난 건가?"

"슬라임도 아니고, 홍마족이 증식했다는 이야기는 들은 적이 없다고. 우리도 모르는 사이에, 폭렬마법을 쓸 수 있을 만큼 순도가 높은 마나타이트를 손에 넣은 게 아닐까……?"

"참고로 나는 공범 아냐. 카즈마가 없으면 마력의 양도를 못하거든?"

"세 사람 다 너무하네요! 여러분 앞에서 마법을 쓴 데다, 알리바이까지 있잖아요! 폭발과 저를 연관시키지 좀 마세요!"

메구밍이 격앙된 목소리로 그렇게 외치자 우리의 이야기를 듣고 있던 홍마족들이 심각한 표정으로 서로를 쳐다보았다.

"그럼 그 폭발은……."

"설마 메구밍이 말했던……."

""""폭살마인 모구닌닌…….""""

그렇다면 메구밍이 일전에 한 말은 진짜로 거짓말이나 헛소리가 아닌 걸까.

그러고 보니 어제 메구밍이 폭렬마법을 날리기 직전, 적 탐지 스킬이 반응을 보인 것 같았다.

메구밍을 둘러싸고 있던 홍마족들은 표정을 굳히고 생각에 잠겼다.

"그럼 족장 시련 같은 걸 할 때가 아니잖아. 외지인이 닌닌에게 당하기라도 했다간, 이 마을에 놀러오는 관광객이……."

"족장님과 상의해볼까? 그리고 홍마족을 총동원해서 닌닌을 사냥하는 거야."

메구밍이 그 말을 듣더니 초조한 목소리로 말했다.

"자, 잠깐만요. 족장 시련을 중지할 필요까지는 없지 않을까요?"

"다음 족장 선출은 서두를 필요가 없지만, 닌닌 퇴치는 서둘러야 하잖아? 게다가 홍마족의 우두머리가 될 자의 조건은 시련을 통과하거나, 파트너와 단둘이서 거물을 사냥하는 거야. 그러니 닌닌을 쓰러뜨린 자가 다음 족장이 되는 것도 괜찮겠네."

"귀찮게 시련을 치르지 않아도 된다면, 나도 족장을 목표로 삼아볼까……."

왠지 분위기가 이상하게 흘러가기 시작했다.

이대로 있다간 다음 족장은 먼저 닌닌이라는 걸 해치운 자로 정해질 것이다.

즉, 다른 장기가 없는 외톨이 소녀가 지닌 유일한 아이덴티티마저도 남에게 빼앗기고 마는 것이다.

……바로 그때였다.

"죄송해요."

"메구밍? 왜 갑자기 사과하는 거야?"

메구밍이 느닷없이 고개를 숙였고 이 자리에 있는 모든 이들의 시선이 그녀를 향했다.

"…………어제 폭발소동의 범인은 저예요. 어젯밤에 산책을 나갔다가 커다란 투구벌레를 보고 깜짝 놀라서 마법을 썼어요."

"대체 무슨 짓을 한 거야?!"

메구밍이 늘어놓은 이상한 소리에 붓코로리가 바로 속아 넘어갔다.

"거봐! 역시 메구밍 짓이었잖아! 내 눈은 옹이구멍이 아니라고! 백수 취급을 하며 내 목을 졸라댄 걸 사과해!"

"목을 조른 건 사과할게요. 하지만 백수라고 부른 건 사과하지 않을 거예요."

"왜 그렇게 백수를 적대시하는 거냐고!"

붓코로리 일행이 메구밍에게 따끔하게 주의를 주고 돌아간 후—.

"왜 그런 소리를 한 거야? 어젯밤에는 나와 즐거운 시간을 보내고 있었잖아?"

"즐거운 시간?!"

"그런 소리 좀 하지 말아줄래요?! 다크니스도 시끄러워요! 매번 반응하지 말라고요!"

메구밍이 자진해서 누명을 쓴 이유는 대충 예상이 됐다.

이런 소동이 벌어진 와중에도 별다른 반응을 보이지 않던 아쿠아는 느긋하게 차를 홀짝이며 이렇게 말했다.

"메구밍은 츤데레잖아. 융융의 족장 시련이 중지되는 걸 막으려고 그런 거지?"

"아하, 메구밍은 융융이 얽히면 솔직하지 못하니까 말이야."

"두 사람 다 시끄러워요! 그리고 누가 츤데레라는 거죠?! 저는 시련을 치를 자격을 잃었으니까, 새치기해서 닌닌을 사냥해버릴 거예요. 그리고 차기 족장의 자리를 차지……!"

메구밍이 변명 같은 소리를 늘어놓는 가운데, 다크니스가 내 소매를 잡아당겼다.

(어이, 카즈마. 아까 말한 즐거운 시간이 대체 뭐냐…….
나는 어제 메구밍의 어머님을 당해내지 못하고 결국 무력화
당하고 말았다만…….)

(한 이부자리에서 같이 자고 있었더니, 거시기가 거시기해
져서 메구밍이…….)

다크니스가 소곤거리는 목소리로 그렇게 말했고 나는 어
제 일을…….

(뭐뭐뭐뭐뭐, 뭐어?! 너는 저런 앳된 소녀에게 대체 무슨
짓을 시킨……!)

(남들이 오해하기 딱 좋은 소리 좀 하지 마! 분위기가 좀
무르익었다 싶으면 겁먹는 너와 다르게, 메구밍은 내 거시기
가 거시기해진 것에 대해 책임을 지려고…….)

"두 사람이 하는 소리가 다 들리거든요?! 아침부터 대체
무슨 이야기를 하는 거예요?!"

메구밍이 얼굴을 붉히며 그렇게 외친 순간, 현관의 벨 소
리가 들렸다.

아무래도 코멧코가 나가본 것 같았다.

발소리에 이어, 문이 열리는 소리가 들렸다.

그리고 들어온 이는 시련을 앞두고 약간 긴장한 듯한 윤
융이었다.

"조, 좋은 아침이에요! 다크니스 씨, 오늘 잘 부탁드려……

……어? 메구밍, 얼굴이 빨간데 무슨 일 있었어?"

"융융, 내 말 좀 들어봐라. 어젯밤에 메구밍과 이 남자가……."

"아무 일도 없어요! 자, 다크니스! 빨리 가보세요!"

7

"—여기가 정체불명의 시설이에요. 예전에는 건물만 보여주고, 내부는 보여주지 않았죠?"

융융과 다크니스를 배웅한 후…….

아직 얼굴이 빨간 메구밍에게 안내를 받으며 방문한 그 시설은, 저번에 우리가 탐색했던 지하 격납고의 옆에 있었다.

겉모습은 거대한 콘크리트 건물이다.

메구밍이 방금 말했다시피 예전에도 이곳에 와본 적이 있지만, 지금 다시 관찰해보니—.

"카즈마 씨, 카즈마 씨. 여기는 연구소 맞지?"

"연구소 같네."

"연구소가 뭐죠? 두 사람은 때때로 이상한 소리를 하네요."

오랜만에 찾아온 이 시설을 유심히 살펴봤는데 고맙게도 간판이 걸려 있었다.

"『노이즈 개발국』이라고 적혀 있네."

"읽을 수 있나요?"

메구밍은 놀란 어조로 그렇게 말했지만 그 간판에 적힌 글자는 일본어였다.

그러고 보니 노이즈는 메구밍 같은 홍마족을 만들어낸 마법기술 대국의 이름이다.

간판의 내용과 문자로 볼 때, 이 정체불명의 시설은 민폐 덩어리 치트를 보유한 일본인이 만든 건물이 틀림없어 보였다.

"어이, 아쿠아. 폭살마인은 치트 보유 일본인과 연관이 있는 게 분명해. 아마 그 녀석이 만들고, 홍마족이 이름을 붙인 거겠지. 전부터 생각했던 건데, 이 세상에서 일어난 성가신 일은 대부분 네 탓 아냐?"

"이 망할 백수가 무슨 소리를 하는 거야? 내 탓이 아니라 비상식적인 일본인 때문이거든? 나는 힘을 줘서 이 세계로 보냈을 뿐이야. 그런데 몬스터에게 이상한 이름을 붙이지 않나, 생태계를 망치지 않나, 이상한 말과 문화를 유행시키지 않나…… 일본인은 자중이라는 걸 좀 하란 말이야."

이세계에 보낸 관리자의 인선 미스라고 생각하는데……

"두 사람 다 영문 모를 소리 좀 그만하고 안으로 들어가죠. 안에는 함정이 잔뜩 있으니까 조심하세요."

"그럼 나만 믿어. 이럴 때를 위해 익혀둔 함정 발견 스킬이 빛을 발할 때야."

"카즈마 씨는 대활약은 하지 않지만, 딱 가려운 곳을 긁어주는 사람이네."

"시끄러워."

아쿠아가 칭찬인지 아닌지 분간이 안 되는 소리를 늘어놓는 가운데, 시설 바로 앞에 도착한 우리는…….

메구밍의 경계하라는 발언을 듣고 걸음을 멈췄다.

"우선 첫 번째 함정이에요. 문이 느닷없이 열리는데, 그건 상대를 방심시키기 위한 함정이니 조심하세요. 친절하게 문을 열어준 척 하다가, 확 닫혀버리는 거예요."

……그곳에 있는 건 지극히 평범한 자동 유리문이었다.

우리에게 경고를 해준 메구밍은 지팡이 끝으로 문 앞을 톡톡 두드렸다.

"저기, 카즈마. 이 시설의 함정은 나한테 맡겨주면 안 돼?"

"어이, 약았잖아. 나도 화려하게 함정을 피하는 모습을 메구밍에게 보여주며 으스대고 싶단 말이야."

"두 사람 다 방심하지 마세요! 이 앞은 특히 위험 지대예요!"

이세계인에게는 지구의 편리한 설비가 함정으로 보이는 것 같았다.

우리는 진지한 표정을 짓고 있는 메구밍을 선두에 세우고 시설 안으로 들어갔다ㅡ.

《이 앞은 클린룸입니다. 방진복으로 갈아 입어주십시오.》

"카즈마, 아쿠아, 들었나요? 방금 그 정체불명의 목소리는 경고예요. 이 앞으로 가고 싶으면 방진복이라는 장비를 손에 넣으라는 거죠. 실은 이 앞의 조그마한 방에 들어가면, 맹렬한 바람이 휘몰아쳐요. 지금은 그저 바람만 나오지만, 옛날에는 방진복이라는 장비를 지니지 못한 침입자를 막기 위해 독이 산포됐을 거라고 추측……."

"아마 클린룸에 먼지가 들어가지 않도록 에어 샤워를 하는 거라고 생각해."

"카즈마 씨, 카즈마 씨. 나, 왠지 메구밍이 귀엽게 느껴져. 이곳에 텔레비전이 있다면 분명 멋진 리액션을 취했을 거야."

메구밍은 클린룸 앞의 조그마한 방에서 바람으로부터 우리를 지키려는 듯이 송풍구를 막았다.

클린룸 안에 들어가자 그곳에는 컨베이어 벨트와 연결된 거대한 기계가—.

"저것이 바로 수많은 피해자를 낸 무시무시한 함정이에요. 이 위에 탄 사람을 내부에 삼켜서 포식하는 흉악한 함정이죠. 지금은 토벌됐지만, 방심은 하지 마세요."

"뭔가를 조립하는 기계 같은데, 이미 망가뜨렸구나."

"『게임걸 제조 레인』이라고 적혀 있네."

메구밍은 나와 아쿠아의 대화를 듣더니 숨을 삼켰다.

"즉, 이건 자기가 삼킨 걸로 뭔가를 만들고 있었던 건가요. ……설마 홍마족을……? 카즈마, 저희는 지금 알아선 안 되는 진리에 다가가고 있는 걸지도 몰라요……."

"이 기계가 만드는 건 아마 장난감일 거야."

"옛날에 격납고에 있던 그 장난감 같네."

우리는 주저 없이 그렇게 말했고 메구밍은 왠지 쓸쓸한 눈빛을 머금었다.

"저를 배려해서 거짓말을 하는 거죠? 괜찮아요. 저희는 인간에 의해 만들어진, 신의 섭리에서 벗어난 인조 종족……. 분명 선조님들은 이곳에서 만들어졌겠죠……."

"아쿠아 씨의 이름을 걸고, 홍마족이라는 괴짜 종족의 존재를 허용해줄게. 홍마족은 재미있는 애들이거든."

"괴짜 종족이라고 부르지 마세요!"

바로 그때, 나는 설비 안쪽에 있는 조촐한 기계를 발견했다. 다가가서 살펴보니—.

"어이, 아쿠아! 캡슐토이야! 이런 곳에 캡슐토이가 있어!"

"어머, 진짜네. 안에는 아무것도 없지만 진짜 캡슐토이잖아."

그곳에는 캡슐토이 기계가 놓여 있었다.

"두 사람은 저게 뭔지 아나요?"

메구밍은 이게 뭔지 모르는 건지 고개를 갸웃거리고 그렇게 물었다.

"이건 캡슐토이라고 하는 건데, 동전을 넣으면 안에서 캡슐이 나와. 그리고 그 캡슐 안에 이것저것 들어있지. 왜 이런 게 여기 있는 건지는 모르겠지만, 반갑네."

"잘 모르겠지만, 어린이용 기계인 거군요. 그럼 홍마족 출생의 비밀과는 관련이 없을 것 같네요."

내가 그리움에 젖어 있을 때, 그 기계를 뚫어져라 쳐다보던 아쿠아가 뭔가를 발견했다.

"『기간 한정, 홍마족 개조권 포함』이라고 적혀 있어."

"정말이네.『1등, 프로토타입 플레이스케이션. 2등, 게임걸 컬러. 3등, 홍마족 개조권』이라고…… 어이, 뭐하는 거야?"

메구밍이 아무 말 없이 문자 부분을 뜯어냈다.

"두 사람은 아무것도 못 본 거예요. 알았죠?"

"하나도 모르겠지만, 아무튼 알겠어. 다음에 술이나 사줘."

"너, 홍마족의 과거를 은폐할 작정이냐……."

—그 후에도 시설 안을 탐색했지만 결국 폭살마인이라는 녀석의 단서는 찾지 못했다.

"알아낸 거라고는 메구밍의 선조들이 캡슐토이로 뽑혔다는 것 정도네……."

"잠깐만요. 말에 어폐가 있거든요? 하다못해 개조권을 뽑은 사람들로 정정해 주세요."

내 등에 업힌 메구밍이 아무래도 상관없는 말을 늘어놓았다.

결국 시설 안에서는 별다른 수확을 얻지 못했다.

돌아가는 길에 메구밍의 일과를 마친 우리는 무사히 그녀의 집으로 돌아갔다.

"다녀왔어요~. 코멧코, 밥 먹죠. 엄마는 돌아왔나요?"

"언니, 어서와! 엄마는 던전에 가니까 오늘은 돌아오지 않을 거래! 황금색 언니는 돌아왔어!"

황금색 언니라면 다크니스를 말하는 걸까.

융융의 족장 시련은 무사히 클리어했으려나.

"코멧코, 융융이 치른 시련에 대해 뭔가 들은 건 없나요?"

"융융 말이, 시련은 통과했대! 그런데 엉엉 울었어!"

······울었다고?

영문을 몰라서 의아해 하며 안에 들어가 보니 다크니스가 이 집 거실에서 무릎을 감싸 안은 채 몸을 웅크리고 있었다.

"여어, 다크니스. 우리 돌아왔어~. 시련은 어땠어? 코멧코한테서 통과했다는 이야기는 들었는데 말이야."

거실의 불도 켜지 않은 채 몸을 웅크리고 있는, 아침에만 해도 자신감이 넘치던 크루세이더는—.

"··········홍마족의 시련 따위 이제 질색이다······. 내일은 네가 참가해라······."

눈물을 글썽이면서 지칠 대로 지친 목소리로 그렇게 말했다.

제3장 이 한때의 일상에 평온을!

1

"시련이라는 건 처음에 수수께끼 풀이라고 들었다."

다크니스는 가라앉은 목소리로 이야기를 시작했다.

메구밍이 끓여준 따뜻한 차를 마시고 마음이 조금은 진정된 다크니스는, 두 손으로 컵을 감싸 쥐고 한숨을 내쉬었다.

"저도 그렇게 들었어요. 그런데 대체 무슨 짓을 당했기에, 다른 사람도 아니고 다크니스가 이렇게까지 궁지에 몰린 거죠? 이 마을의 시련은 꽤 혹독한 편이지만, 홍마족 두 명이 힘을 합치면 어찌어찌 통과가 가능해요. 대체 무슨 일이 있었나요……? 혹시 부당한 짓을 당한 거라면, 제가 따지겠어요."

메구밍은 울고 있는 어린아이를 달래듯 다크니스의 머리를 쓰다듬어주면서 상냥한 어조로 그렇게 물었다.

"메구밍이 수수께끼를 내는 마도구를 전부 박살을 낸 데다……. 수수께끼도 질렸으니, 시련 내용을 바꾸자는 이야기가 나와서……."

"네 탓이잖아!"

내가 태클을 날리자 메구밍은 고개를 돌리며 내 시선을 피했다.

"그런데, 다크니스는 무슨 짓을 당한 거야?"

"「홍마족에게 필요한 것은 센스력! 포즈를 취하고 고유의 자기소개를 해봐라!」라는 소리를 하더구나. 그래서 홍마족이 만족할 때까지, 융융과 함께 멋진 포즈를 취하며 자기소개를 해야만 했지……."

아, 안됐네…….

—그날은 결국 유이유이가 던전에서 돌아오지 않았기에, 딱히 별 문제 없이 다음날이 되었다.

그리고—.

"오늘은 나한테 맡겨줘."

아쿠아가 이 집으로 찾아온 융융에게 그런 불안이 엄습하는 소리를 했다.

"너한테 맡기는 것도 불안하지만, 다크니스가 완전히 망가지고 말았으니 어쩔 수 없네……."

"으으……. 그런 굴욕은 당하고 싶지 않아……. 내가 원하는 건 그런 게 아냐……."

여전히 충격에서 벗어나지 못한 다크니스가 약간 핀트가 어긋난 소리를 하는 가운데, 융융은 고개를 두리번거리면서 누군가를 찾았다.

"메구밍이라면, 어젯밤에 일어난 폭발 소동의 용의자로서 끌려갔어."

"또 그런 거예요?! 그리고 카즈마 씨는 왜 이렇게 차분한 건데요?!"

그렇다. 홍마의 숲에서 어젯밤에 또 폭발이 일어났다.

"그 녀석이 폭발을 일으키거나 경찰한테 끌려가는 건 일상다반사거든. 그것보다 오늘은 두 번째 시련을 치르지?"

"아, 예……. 오늘 시련은 어제와 다를 거라고 생각해요……."

융융은 그렇게 말하고 부끄러운지 고개를 푹 숙였다.

"어제 두 사람이 어떤 포즈를 취했는지 물어봐도 될까?"

"절대 대답 안 할 거예요."

항상 우물쭈물하던 융융이 딱 잘라 그렇게 말했다.

"그, 그럼 아쿠아 씨! 가죠!"

"응. 오늘은 내 활약상을 똑똑히 보여주겠어. 어젯밤에 포즈와 자기소개를 짜느라 잠을 거의 못 잤거든. 그만큼 기대해줘."

"아, 저기, 두 번째 시련은 어제와 다른 내용일 거라고 생각하는데……."

융융은 불안한 소리를 늘어놓는 아쿠아와 함께 시련을 치르러 갔다.

"그럼 우리는 메구밍을 데리러 가볼까?"

"저기, 카즈마. 매일 메구밍을 데리러 가는 것보다는 그녀가 감옥에 들어가지 않게 하는 방법을 생각해보는 편이 좋지 않겠느냐?"

2

홍마의 마을을 걷다보니 낯이 익은 남자가 눈에 들어왔다.

"어이, 카즈마. 네 라이벌이 저기 있구나."

그 녀석을 본 다크니스가 이상한 소리를 늘어놓았다.

"무슨 소리를 하는 거야. 패배를 모르는 나한테 라이벌이 있을 리가 없잖아. 그런데 좀 낯이 익긴 한데……."

"너, 너, 저 남자를 잊은 거냐? 저 녀석은 그러니까……으음……."

"미츠루기다! 가장 정상인 줄 알았던 더스티네스 가문의 영애까지 나를 잊은 거야?! 너무하잖아!"

그렇다. 마검을 쓰는 소드마스터, 미츠루기가 이곳에 있었다.

"여어, 오랜만이야. 잘 지냈어? 요즘 좀 어때? 그럼 우리는 바쁘니까……."

"기다려! 왜 나를 피하듯 서둘러 다른 곳에 가려고 하는 거지?!"

내가 빨리 이 자리를 벗어나려 하자 미츠루기가 허둥지둥 내 손을 움켜잡았다.

"그야, 나와 너는 친한 사이도 아니잖아. 툭하면 나한테 시비를 걸어대는 너와 얽히는 것도 귀찮거든."

"그, 그렇기는 하지만……. 그런데 왜 이런 곳에 있는 거지? 홍마의 마을 인근의 몬스터는 너에게 버거울 텐데?"

"친구가 족장이 되기 위한 시련을 치르거든. 그래서 도와 주려고 온 거야. 그러는 너야말로 이런데서 뭘 하는 건데?"

주위를 둘러보니 미츠루기를 항상 따라다니던 두 들러리 가 보이지 않았다.

"아, 말도 안 되는 소리처럼 들리겠지만, 사실 신기가 나를 버리고 도망쳤거든……. 쪽지 한 장만 남겨두고 여행을 떠났어……. 하하. 헛소리 지껄이지 말라며 웃음을 터뜨려도 돼……."

실은 나도 그 여행을 떠난 신기와 안면이 있거든…….

하지만 아이기스와 면식이 없는 다크니스가 안 된 듯한 표정을 짓고 이렇게 말했다.

"아무래도 많이 지친 것 같구나. 이곳에는 온천도 있으니까, 요양을 하는 게 어떻겠느냐? 저기, 마음을 편하게 먹는 편이 좋을 거다."

"하하. 뭐, 믿기지 않을 거야……. 실은 꿈에 여신 에리스 님께서 나타나셨어. 그리고 세계를 구하라면서 나에게 내려주신 소중한 신기인데……. 어느 날,『마검의 힘에 의지하기만 하는 지금의 너는 나를 제대로 다룰 수 없다. 나에게는 신기로서 해야만 하는 소임이 있다. 내가 그 소임을 다하는 동안, 너는 나를 찾기 위해 여행을 떠나라. 그리고 그 여행을 통해 강해지는 거다! 나는 항상 기다리고 있다. 자, 용사여! 일어서라!』……라고 적힌 쪽지만 남겨놓고……."

나는 그 신기의 소임이 뭔지 알고 있다.

미인이 많다고 소문이 자자한 홍마족을 보러 온 거라고…….

"그래서 홍마족에는 우수한 점술사가 있다고 들어서, 신기의 행방을 점쳐달라는 부탁을 하러 온 건데……. 점술사 누님도 내가 바보 같은 농담을 한다고 생각한 건지「저기 있는 술집에서 웨이트리스에게 성희롱을 하고 있어요」라고 말하더라고……."

그 누님의 점이 맞았네.

"뭐, 내 일은 신경 쓰지 마. 여신님께서 하사한 신기가 내준 시련이니까, 쉽게 통과할 수는 없을 거야. 그것보다, 여기서 만난 김에 너한테 충고를 해줘야겠어."

아이기스가 어디에 있는지 가르쳐줄지 말지 내가 고민하고 있을 때 미츠루기가 갑자기 진지한 표정을 지었다.

"마왕군 간부가 액셀 마을을 노리고 있는 것 같아. 아니, 정확하게는 마왕군 자체라고 해야 할까? 마을을 괴멸시키려는 건지, 아니면 너를 노리는 건지, 그것도 아니면 아쿠아

님을 노리는 건지……. 그 녀석들의 목적은 알 수 없지만, 불안하면 이 마을이나 왕도로 피신하는 게 좋을 거야."

미츠루기는 그렇게 말하고 돌아선 후—.

"너는 내가 쓰러뜨릴 거야. 그런 네가 마왕 따위에게 지면 곤란해. 다음에는 내가 이기겠어. 그리고 그때야말로 아쿠아 님에게—."

결의에 찬 표정을 짓고 멋진 뒷모습을 선보이며 떠나갔다.

"……어이, 다크니스. 나는 저 자식의 목표거든? 어때? 좀 주인공 같지 않아?"

"아무리 봐도 저쪽이 더 용사 같구나."

—미츠루기와 헤어진 우리는…….

"자, 그럼 메구밍을—."

"……저, 저기, 카즈마. 메구밍을 데리러 가는 건 좋지만, 이 근처를 좀 산책하지 않겠느냐? 아르칸레티아에서도 같이 산책을 했지 않느냐."

내가 메구밍을 데리러 가려던 순간, 다크니스가 느닷없이 그런 소리를 늘어놓았다.

"산책을 하는 건 좋지만, 자기를 내버려두고 우리끼리 논 것을 메구밍이 알았다간 난리가 날 걸?"

그리고 산책이라면 메구밍을 데리고 셋이서 해도…….

"아, 아니, 그게, 때로는 데이트 비슷한 일도 해보고 싶어서⋯⋯."

말을 잇고 있는 다크니스의 목소리가 점점 잦아들었다.

데이트. 데이트라⋯⋯.

"나, 그러고 보니 태어나서 지금까지 제대로 된 데이트를 해본 적이 없는 것 같아."

"그, 그래?! 함께 마을을 산책하는 것도 데이트라고 생각하지만, 연애소설에서 나오는 것처럼 예쁘게 꾸미고 만나기로 약속을 한 다음에 약속 시간보다 일찍 나오는 것 같은, 그런 진짜 데이트를 동경―!"

단숨에 말을 늘어놓던 다크니스는 부끄러운지 얼굴을 붉혔다.

"너는 때때로 여성스러울 때가 있더라? 처음 만났을 때부터 이렇게 온실 속 화초 같은 아가씨의 모습을 보였다면, 나는 너한테 바로 반했을 거야."

"뭐?! 그, 그러하냐? ⋯⋯대귀족의 영애가 여자애 같은 취향인 건 어울리지 않을 것 같아서 숨겼다만⋯⋯ 그, 그랬구나⋯⋯."

내 말은 여자애 같은 취향을 드러내라는 게 아니라, 너의 그 골 때리는 성적 취향을 숨기고 평범하게 지냈으면 그랬을 거라는 의미인데⋯⋯. 뭐, 굳이 지적할 필요는 없으려나.

"저, 저기, 카즈마. 오늘은 날씨가 좋구나!"

"이 주변은 홍마족이 마법으로 맑은 날씨를 유지하고 있다더라고."

홍마의 마을은 언제나 날씨가 쾌청하기에 산책을 하기 딱 좋았다.

여전히 마법을 쓸데없는 일에 낭비하는 것 같지만 그래도 홍마족의 마법은 정말 대단했다.

"카즈마, 저기 좀 봐라! 저쪽 울타리 위에서 고양이가 낮 잠을 자고 있다! 이 마을은 참 평화롭구나!"

"울타리 위에 있는 고양이는 홍마족의 사역마래. 항상 마을 주위를 감시하는 것 같아."

나는 밝은 목소리로 그렇게 말하고 고양이를 가리키는 다크니스에게 그런 토막 지식을 알려줬다.

"아, 저쪽에는 나이 지긋한 어르신이 느긋하게 낚시를……."

"저건 강에 사는 몬스터를 생미끼로 유인하고 있는 거야. 그리고 물에 늘어뜨린 철제 낚싯줄을 통해 전격 계열 마법을 써서 레벨을 올린다네."

아까부터 흥분을 감추지 못하던 다크니스가 점점 진지한 표정을 지었다.

"……카즈마. 이 마을은 데이트를 하기에 적합하지 않은 것 같구나……."

"무투파인 홍마족의 마을이잖아. 그건 그렇고, 너는 그렇게 데이트가 하고 싶었어?"

옆에서 걷고 있던 다크니스가 화들짝 놀라고 나를 돌아보더니—.

"당연하지 않느냐! 그리고 너는 이미 낚은 물고기에 먹이를 챙겨주란 말이다!"

"어이, 나는 낚은 적이 없다고! 나는 그냥 너를 도왔을 뿐인데, 네가 멋대로 나를 좋아하게 된 거잖아!"

나는 그 말도 안 되는 소리에 정당한 항의를 했다.

하지만 내가 방금 한 말은 다크니스의 기준에 비춰 볼 때 절대 해선 안 되는 말 같았다.

"머, 멋대로?! 멋대로 좋아하게 됐어?! 내가 알다프에게 시집을 가려고 결심했을 때, 결혼식장에 난입까지 해놓고! 사람들이 보는 앞에서 전 재산을 흩뿌리며 나를 샀다는 선언까지 해놓고, 내가 멋대로 너를 좋아하게 됐다는 거냐?!"

"그, 그렇지만 어쩔 수 없잖아! 내가 멋진 것도, 내가 엄청난 활약을 하는 것도, 전부 어쩔 수 없는 일이라고! 멋져서 참 미안하네! 대활약을 한 건 사과할게! 애들이 나한테 푹 빠져버리는 것도 무리는 아니지!"

내가 발끈하면서 다크니스가 한 말을 긍정하자—.

"뭐가 대활약이냐! 으스대지 마라! 너 같은 인간 말종에게 반하는 건 나나 메구밍 같은 괴짜뿐이다!"

"너야말로 나를 좋아하는 거야, 싫어하는 거야?! 좋아한다면 네가 좋아하는 남자를 치켜세우라고! 액셀에서는 팬이 나를 기다리고 있단 말이다!!"

다크니스는 그 말을 듣더니 미심쩍은 눈길로 나를 쳐다보았다.

"설마 그런 소리를 진짜로 믿는 것이냐? 어차피 네 재산이나 명성에 눈독들인 악당일 거다. 내가 이런 소리를 하는 것도 좀 그렇지만, 네 팬이 이 세상에 존재할 리가 없지."

"시, 시끄러워! 일은 딱히 안 하지만, 나는 상당한 우량 매물이라고!"

"일을 안 한다는 게 치명적인 결점이다!"

내가 다크니스와 말다툼을 하고 있을 때였다.

"카즈마가 일을 안 하게 된다면, 제가 밭일이라도 해서 먹여 살릴게요."

"메구밍, 너는 너무 물러 터졌다! 네가 그러니까 이 남자가 더욱 타락하는 거다!"

"그러는 너도, 옛날에는 일 안 하고 놀아재끼기만 하는 인간 말종이 이상형이라고 말했잖아!"

············.

나와 다크니스가 고개를 돌려보니 메구밍이 우리 옆에 서 있었다.

"사람이 감옥에 갇혀 있는 동안, 둘이서 꽤 즐거운 시간을 보내고 있네요. 저도 좀 끼워주면 안 될까요?"

나와 다크니스는 반사적으로 고개를 푹 숙였다.

"—나는 몇 번이나 메구밍을 마중가자고 말했거든? 그런데 다크니스가……."

"너, 너도, 제대로 된 데이트를 한 적 없다며 투덜댔지 않느냐! 메구밍, 오해하지 마라! 오랜만에 홍마의 마을에 왔으니 관광이라도 할까 해서……!"

우리가 꼴사납게 변명을 늘어놓자 메구밍은 어이없다는 눈길로 우리를 쳐다보았다.

"제대로 된 데이트를 한 적이 없군요. 그럼 셋이서 데이트를 하죠. 제가 괜찮은 가게로 안내할게요."

"그런 건 데이트라고 할 수 없을 것 같은데……. 아, 아무것도 아냐……."

딱히 찔릴 만한 짓을 하지도 않았는데 기가 죽은 나와 다크니스는―.

"우선 식사를 해요. 전에 제가 아르바이트를 했던 식당으로 안내할게요."

"" 예…….""

왠지 기분이 좋아 보이는 메구밍과 함께 마을을 산책하기로 했다.

"—어서 오십시오! 어, 메구밍이잖아. 오랜만인걸. 폭렬마법 말고 다른 마법은 익혔어?"

"오랜만이에요. 폭렬마법 말고 다른 마법을 익힐 생각은 없어요. 한때 상급 마법이라도 익혀볼까 했지만, 여기 있는 카즈마가 제 카드를 멋대로 조작해버렸거든요. 폭렬마법 이외의 다른 마법은 너에게 어울리지 않아. 앞으로도 계속 폭렬도를 나아가라고……."

"그런 적 없어. 나는 그렇게까지 말한 적이 없다고."

내가 멋대로 날조 중인 메구밍에게 태클을 날리고 있을 때 옆에 있던 다른 홍마족이 입을 열었다.

"그거 다행이군! 메구밍이 다른 마법을 익히면 어떻게 할지 논의까지 했거든."

"호오? 저의 폭렬마법 때문에 여러분이 논의까지 한 거군요! 그래요, 다른 마법을 익히는 건 스킬 포인트 낭비이자 바람피우는 거나 다름없으니까요!"

"아, 그게 아니라 메구밍의 새로운 호칭에 대해 논의했어. 홍마족 제일의 마법사라는 호칭은 뇌명을 부르는 자, 융융의 것이 됐잖아. 그러니까 메구밍에게는 홍마족 제일의 엉터리 마도사……."

메구밍이 다짜고짜 그 홍마족에게 달려들었다.

"어이! 진정해, 메구밍! 상대는 방어력이 약한 아크 위저드야! 네가 목을 졸랐다간 그대로 부러질지도 모른다고!"

"저도 아크 위저드인 데다, 여자애거든요?! 엉터리 마도사의 힘을 보여주겠노라!"

메구밍은 난동을 부렸고 사방에서 다른 이들의 목소리가 들려왔다.

"엉터리 마도사에게 만 에리스 걸겠어!"

"낙오자 마도사에게 3만 에리스!"

"폭렬 마도사에게 5만 에리스 걸지!"

"어이, 나한테 돈을 거는 건 괜찮지만 그런 호칭으로 부르지 마라! 폭렬 마도사는 꽤 멋지니까 허락하겠지만요! 좋아요! 다들 한꺼번에 덤비라고요!!"

"싸울 거면 밖에 나가서 싸워!"

—식당에서 쫓겨난 우리는 메구밍의 집에서 밥을 먹기로 했다.

"둘 다 괜찮아요? 하아. 홍마족에게 달려들다니, 너무 무모하잖아요."

"가장 먼저 달려든 네가 그런 소리를 하는 거냐. 뭐, 때로는 이런 것도 괜찮지 않겠어? 모험가답잖아."

메구밍이 주위에서 한 마디 하던 사람들에게 달려들자, 수적으로 밀리는 그녀를 돕기 위해 나와 다크니스도 가세했다. 하지만—

"음, 동료가 낙오자니 엉터리 마도사니 같은 소리를 들었는데도 입 다물고 있어서야 기사라고 할 수 없지. 게다가 멋진 승부였지 않느냐. 나도 꽤 즐겼다!"

"너를 상대한 사람은 자기가 진 걸로 할 테니까 제발 봐달라며 엉엉 울더라고. 남을 이용해서 네 변태 성욕을 만족시키지 마."

온몸에 멍이 생긴 우리를 둘러본 메구밍이 빙긋 웃었다.

"홍마족에게 있어 낙오자라는 말은 격려의 의미도 담겨 있어요. 낙오자로서 핍박받은 자일수록, 나중에 멋지게 각성한다고 옛날부터 여겨져 왔죠."

"그게 정석이긴 한데…… 홍마족의 감성은 정말 알다가도 모르겠어."

우리가 그런 이야기를 나누면서 메구밍의 집으로 향하고 있을 때, 낯익은 소녀가 우리에게 말을 걸었다.

"어, 메구밍이잖아. 오랜만이네."

"아루에잖아요. 집에 틀어박혀 지내던 당신이 웬일로 밖을 쏘다니고 있는 거죠? 아직 작가 지망생이라는 이름의 백수 생활을 하고 있는 건가요?"

그 소녀는 바로 몸 곳곳의 발육이 매우 뛰어난 안대 소녀였다.

"배, 백수가 아니라 소설가야! 홍마족의 신문도 만들고 있고, 요즘에는 책도 냈어! 돈도 벌고 있으니까, 백수가 아냐!"

"아, 알았으니까 안대를 잡아당기지 마세요! 당신이 준 안대가 상하겠어요!"

메구밍의 안대를 잡아당기며 항의를 하고 있는 이는 아루에라는 이름의 성가신 애다.

우리는 전에 이 애한테 제대로 휘둘렸던 적이 있다.

······그래, 생각났어!

"어이, 메구밍. 이 애가 낙서나 다름없는 소설을 썼던 그 민폐 덩어리 괴짜 맞지? 나는 아직 그때 일을 안 잊었다고."

"저번에 내 소설을 찢었던 타지 사람이네! 나야말로 그때 일을 안 잊었거든?!"

아루에는 붉게 빛나는 눈으로 나를 쳐다보고 발끈했다.

"소설가는 백수와 종이 한 장 차이인 존재잖아."

"나도 홍마족이거든?! 화나면 상급 마법을 확 먹여줄 거야!"

"당신들은 면식도 거의 없을 텐데, 왜 만났다하면 이렇게 다투는 거죠?! 두 사람 다 진정해요!"

메구밍은 내 멱살을 잡은 아루에를 떼어내면서 그렇게 말했다.

"너는 메구밍의 동급생이지? 나는 다크니스라고 한다. 메구밍과 같은 파티에 속해있지. 이 마을에서 지내는 동안만이라도 잘 지냈으면 한다."

다크니스는 그렇게 말하더니 미소를 짓고 한손을 내밀었다.

"나는 홍마족 제일의 소설가, 아루에라고 해. 언니는 상식이 있는 사람 같아서 안심했어. 나야말로 잘 부탁해."

아루에 또한 상냥한 미소를 지으면서 나와 이야기를 나눌 때와는 정반대의 반응을 보였다.

"어이, 아까와는 태도가 달라도 너무 다른 거 아냐? 그리고 왜 거창하게 자기소개를 안 하는 건데? 홍마족 제일을 자처하기 전에, 이 마을에 작가가 몇 명이나 있는지 먼저 말해보라고."

"메구밍의 동료를 우호적으로 대하지 않을 이유가 없잖아. 너처럼 나한테 해를 끼치는 인간은 제외지만 말이야. 그리고 작가의 숫자는 비밀이야."

작가를 자칭하는 소녀, 아루에는 태연한 어조로 그렇게 말했다.

"그러고 보니 나는 이번에 이 마을에 와서 아직 한 번도 홍마족의 화려한 자기소개를 듣지 못했어."

"자기소개는 기본적으로 초면인 상대에게 한 번만 해. 참고로 나는 너한테 안할 거야. 해봤자 놀림만 당할 것 같거든."

이 녀석, 의외로 예리한걸.

"메구밍에게 남자가 생겼다는 이야기는 들었는데, 아무래도 그 남자는 바로 너 같네. 긴 말 안 할 테니까, 지금이라도 빨리 융융 루트로 다시 갈아타."

"이 안대 걸, 나한테 선전포고를 한 걸로 여겨도 되지? 아까 책을 냈다며? 서점에 네 책이 진열되어 있으면, 다른 책을 그 위에 깔아서 싹 가려버릴 거야."

내가 그렇게 말하자 아루에의 눈썹이 치켜 올라가더니―.

"메구밍, 이 남자는 관둬! 절대 안 돼! 지금 이 자리에서 내가 재로 만들어버릴래!"

"어, 한 판 뜨자는 거야? 내 스틸은 특별하거든. 네 안대 아니면 속옷을 확 훔쳐버리겠어!"

"두 사람 다 싸우고 싶어 좀이 쑤시나 본데, 이 내가 상대 해 주겠노라! 고레벨 아크 위저드에게 백수 둘이 이길 수 있 을 거라는 착각을 버리세요!"

""배, 백수 아니거든?!""

3

그날 밤—.

"우에에에에엥! 우에에에에에엥! 우에에에에에에엥!"

메구밍의 집에서 쉬고 있을 때 아쿠아가 엉엉 울면서 돌 아왔다.

바닥에 엎드려서 엉엉 우는 아쿠아를 향해—.

"왜 그래? 인생의 오점만 만드는 너한테 있어서, 부끄러운 포즈를 취하는 것 정도는 딱히 울 일도 아니잖아? 대체 무 슨 일이 있었던 거야?"

……유심히 보니, 아쿠아는 진흙으로 범벅이 된 채 울고 있었다.

"흐, 흑……. 오늘 시련에서는 「홍마족에게는 운도 필요하 죠. 두 사람은 정답인 문을 선택할 때까지, 몇 번이든 챌린

지하세요」라더니, 문을 향해 냅다 뛰라고⋯⋯!"

아, 안 됐네⋯⋯.

아무래도 일본의 텔레비전 방송에서 자주 나오던 오답을 고르면 진흙 풀에 빠지는 그걸 했나 보다.

하필이면 운이 얼마나 좋은지 시험한 거냐. 아쿠아한테는 그야말로 최악의 시련이잖아.

"그래도 일단 시련은 통과한 거지? 고생했어. 너는 목욕이나 하고 와. 그 사이에 내가 요리 스킬로 고급 안주라도 만들어둘게."

"⋯⋯젓갈이 먹고 싶어⋯⋯."

서민적인 안주를 요구한 아쿠아가 욕실로 향하는 모습을 지켜보고 있을 때—

"⋯⋯메구밍의 어머님. 저기, 오, 오늘 밤에는⋯⋯."

다크니스가 나를 힐끔힐끔 쳐다보면서 뭔가 할 말이 있는 것처럼 우물쭈물하고 있었다.

"메구밍의 어머님 같은 서먹한 호칭 말고, 그냥 유이유이라고 불러주세요. 그런데 무슨 일이죠? 다크니스 양이 발정난 암컷 같은 표정을 짓고 있군요."

"발정 난 암컷?! 아, 아니, 저기, 오늘밤에는 메구밍과 카즈마를 한방에서 재우지 말아줬으면 합니다만⋯⋯."

낮에 했던 데이트의 여운 때문인지, 다크니스가 헛된 저항을 하고 있었다.

"이유가 뭐죠? 다크니스 양이 카즈마 씨와 불장난을 하고 싶기 때문인가요?"

"부, 불장나안?! 그, 그런게 아닙니다! 그저 낮에 이런저런 일이 있었던 바람에, 이런 날에 두 사람이 동침을 한다면 소외감을……."

다크니스는 그렇게 말하더니 도와달라는 듯 나를 힐끔힐끔 쳐다보았고—

그 모습을 본 메구밍은 고개를 갸웃거리며 입을 열었다.

"무슨 일 있었나요?"

"아무 일도 없었어. 다크니스가 멋대로 발정 났을 뿐이야."

"너엇?! 어이, 카즈마! 데이트까지 해놓고 그런 소리를 하는 건 너무하지 않느냐……!"

바로 그때, 할 말이 있는 듯한 다크니스의 뒤편으로 몰래 이동한 유이유이가 마법 영창을—

"—이얏호, 열네 살 여자애의 침대다!"

"이 남자는 정말! 당신은 왜 툭하면 그런 소리를 입에 담는 거죠?!"

곤히 잠든 다크니스를 곁눈질하면서 안주를 만든 후, 우리는 바로 방으로 향했다.

"열네 살 여자애의 침대라고, 침대! 열다섯 살도 아니고, 열네 살이야. 엄청 중요한 거니까 이렇게 언급을 하는 거라고."

"뭐가 어떻게 다른 건지 모르겠네요. 여자애의 침대는 다 거기서 거기일 텐데……."

방에 들어가자마자 메구밍의 침대에 다이빙을 한 내가 그 위에서 데굴데굴 굴렀다.

"뭐, 좋아. 그걸 가지고 논의를 시작했다간 밤을 새어도 끝나지 않을 거야. 그 이야기는 다음에 하자."

"전부터 한 생각인데, 카즈마는 로리콤이 아니죠? 제가 어리기 때문에 좋아하게 된 건 아닌 거죠?"

내가 침대에 드러눕자 메구밍은 미심쩍은 눈길로 나를 쳐다보았다.

"너무하네. 나는 작은 것보다 큰 걸 좋아해. 다크니스 정도의 크기가 내 이상형이라고."

"구체적인 크기까지 듣고 싶지는 않았지만, 로리콤이 아니라니 됐어요……. 아이리스와 코멧코가 자기를 따를 때마다 카즈마가 너무 기뻐해서 좀 불안했거든요……."

그건 여동생 캐릭터를 좋아하는 것일 뿐, 어린애를 좋아하는 것과는 엄연히 다르다.

"뭐, 그런 일로 논의를 시작했다간 결국 전쟁으로 이어질 게 뻔해. 그러니까 그 이야기도 다음에 하자."

"그, 그런가요……. 뭐, 좋아요. 그럼 할일도 없으니 빨리 잠이나 자죠."

메구밍은 그렇게 말하고 나와 약간 거리를 둔 뒤 침대 가

잠자리에 누웠다.

…………

"어이, 왜 그렇게 떨어진 곳에 눕는 거야? 우리는 팔베개에 무릎베개 같은 걸 한 사이잖아? 너무 섭섭하게 굴지 말라고."

"딱히 섭섭하게 굴려는 건 아니에요. 저와 몸이 닿으면 카즈마가 여러모로 인내심을 발휘해야 하잖아요. 그래서 일부러 이렇게 떨어져서 누운 거예요."

어어……

"같은 방에서 자는 것만으로도 충분히 인내심을 발휘해야 하니까, 그 정도로는 딱히 소용없어."

"남자들은 진짜 그런 저질스러운 생각만 하는군요! 어차피 또 방해받을 게 뻔하니까, 아무 짓도 안 할 거예요!"

나에게 걸린, 중요한 순간에 방해받는 저주를 말하는 건가.

일전에 나에게 그런 저주가 걸리지 않았다고 주장하는 아쿠아에게, 브레이크스펠 마법을 몇 번이나 걸어달라고 했다.

하지만, 아무런 변화가 없는 것을 보면—.

"나한테 걸린 이 저주를 아쿠아조차도 풀 수 없는 걸 보면, 역시 마왕의 짓이……."

"마왕이 그렇게 할 짓 없고 한가할 것 같나요? 마왕에 대한 중상모략이 더 늘어난다면, 솔직히 말해 마왕이 불쌍할 것 같거든요?"

메구밍이 그렇게 말했지만 진짜로 마왕이 나에게 그런 저주를 걸었다면 지금 바로 토벌하러 갈 각오가 되어 있다.

그리고 내가 그런 생각을 하고 있을 때였다.

내 왼손이 서늘하면서도 부드러운 무언가에 감싸였다.

아무래도 메구밍이 이불 안에서 내 손을 움켜쥔 것 같았다.

"손을 잡는 건 괜찮겠죠? 이 정도로는 흥분이 안 되죠?"

메구밍은 그렇게 말하고 부끄러워하듯 쓴웃음을 지었다.

떨어져 누웠다고 불만을 늘어놓은 나를 배려한 거겠지만—.

"흥분이 안 될 리가 없잖아. 너는 진짜 아무것도 모르네."

"이 정도로도 흥분이 되나요?! 저도 가슴이 두근거리지만, 흥분보다는 안도감이 느껴지지 않나요?!"

메구밍은 모른다. 진짜 몰라도 너무 모르는 것 같다.

"외로움을 많이 타는 메구밍을 위해 오늘은 손을 잡고 자겠지만, 앞으로는 좀 조심해. 나 말고 다른 녀석에게 이런 짓을 했다간, 착각에 사로잡혀서 너를 확 덮칠 거야."

"당신 말고 다른 사람과 이런 상황에 처할 리가 없거든요?! 왜 자기가 신사라 다행인 줄 알라는 식으로 말하는 거죠?!"

메구밍은 그렇게 말하고 내 손을 꼭 움켜쥐었다.

"아야야야! 어이, 아프다고! 너는 나보다 레벨이 높으니까 조심 좀 해! 빈약한 내 손이 으스러질 거라고!"

"저는 그 정도로 악력이 세지는 않거든요?! 그것보다 카즈마도 슬슬 레벨업을 하는 게 어때요? 몬스터 토벌이라면 얼마든지 도와줄게요."

레벨업…….

"레벨이 올라도 스테이터스가 성장하지 않는 자의 슬픔을 너는 알아? 요즘 들어 운 이외의 스테이터스는 거의 늘어나지 않는단 말이야. 스킬 포인트라도 들어와서 다행이기는 하지만, 백수 생활에 도움에 될 스킬은 딱히 없거든. 그래서 레벨업을 할 의욕이 안 생겨……."

"스테이터스가 최대치에 근접한 건가요……. 으음, 고가의 포션 중에는 스테이터스를 올려주는 것도 있어요! 몬스터를 쓰러뜨려서 모은 돈으로 그런 걸 사서 강해지는 건……."

"그런 건 나보다는 재능이 있는 녀석이 마시는 편이 낫지 않을까? 고가의 포션이니까 양도 적을 거 아냐."

내가 지당하기 그지없는 발언을 입에 담자 메구밍은 한순간 침묵에 잠기더니—.

"……하, 하다못해 장비라도……."

"근력이 부족해서 사용 가능한 장비도 한정되거든."

맞잡은 메구밍의 손길이 움켜쥔다기보다 쓰다듬는 듯한, 마치 나를 위로하는 듯한 손길로 변했다.

"……너, 나를 동정하는 거지?"

"아, 아뇨. 제가 할 수 있는 일이 있다면 말해주세요. 혹시 괴롭히는 사람이 있으면 꼭 말해요. 카즈마가 약해빠졌다고 지껄이는 모험가가 있으면, 제가 시비를 걸어서 자근자근 밟아준 후에 당신이 더 약하다고 조롱해줄 테니까……."

"어이, 그런 짓 하지 마! 모르는 모험가가 나보고 여자애한테 보호나 받는 카약골 씨라고 나를 놀리던데, 전부 너 때문이었던 거냐!"

메구밍의 광견 짓거리 때문에 피해를 입는 내 입장이 되어보라고…….

"그러는 카즈마와 다크니스도 제가 낙오자 취급을 당했을 때 화를 내줬잖아요! 그런데 저는 당신이 바보 취급을 당하더라도 화를 내면 안 되는 건가요?"

메구밍은 마치 나를 놀리는 듯한…….

그리고 왠지 즐거운 듯한 말투로 그렇게 말했다.

……아니, 오늘 낮에 있었던 일을 언급하니 나도 할 말이 없기는 한데…….

"두 사람이 제 싸움에 난입했을 때, 저는 정말 기뻤어요. 두 사람이 나서주지 않았다면 저는 수적 열세 때문에 지고 말았겠죠. 그리고 졌다면, 그때 저를 놀렸던 사람들의 집에 밤이면 밤마다 답례를 하러 찾아가야 했을 거예요……."

그때 난입하기를 정말 잘한 것 같다.

"그런데, 융융의 내일 시련에는 누가 파트너를 맡을 건가요? 장난 느낌이 강한 이제까지의 시련과 다르게, 마지막 시련은 위험해요. 개조인간인 홍마족에게 가장 필요한 건 그어떤 전장에서도 살아남을 생존능력이죠. 위험한 몬스터가 서식하는 홍마의 숲에서 하룻밤 무사히 살아남는 것이 바로 마지막 시련이에요."

"……까딱 잘못하면 목숨을 잃을 수도 있겠는걸. 다크니스는 공격이 젬병이니까 융융의 마력이 바닥나면 위험할 거야. 아쿠아를 한밤중의 숲에 풀어놨다간, 아마 언데드들이 마구 몰려들 테고……."

이전의 두 시련과 다르게, 이번 시련은 진짜 본격적이다.

"혹시나 해서 말해두겠는데, 닌닌이 이 주변을 어슬렁거리고 있으니까 검은 머리에 검은 눈인 카즈마는 시련에 참가하면 안 돼요."

"……내일은 융융의 파트너가 되어줄 홍마족을 찾아봐야겠는걸……."

"누가 이 애와 친구가 되어주세요, 같은 느낌의 짓은 하지 마세요. 마치 벌칙 게임 같잖아요. 융융이 엉엉 울 거란 말이에요."

그렇다면 다른 방법이 없으니 내가 나설 수밖에 없겠지.

적 탐지 스킬로 주위를 살피면서 잠복 스킬을 사용하면 하룻밤 정도는 어찌어찌 버틸 수 있을 것이다.

내가 그런 생각에 잠겨있을 때, 메구밍이 내 얼굴을 보고 뭔가를 눈치챈 것 같았다.

"융융의 파트너를 맡는 건 절대 안 돼요. 상대는 바로 폭살마인이에요. 우연히 마주쳤다가 사체도 남지 않을 정도로 폭파당해버린다면, 소생도 못하잖아요."

"하지만 나 말고는 융융의 파트너가 될 사람이 없다고. 너도 그 애가 족장이 되기를 바라니까, 시련이 중지되지 않도록 일부러 누명을 쓰고 있잖아?"

그렇다. 이 녀석이 매일같이 감옥에 갇히는 것도 전부 단짝친구를 위해서였다.

"⋯⋯그렇지 않아요. 제가 전에 말했잖아요? 남들 몰래 닌닌을 확 해치워서, 족장의 자리를 차지하고 말겠다고요."

"그래, 역시 너는 츤데레야."

내가 솔직하지 못한 메구밍을 놀린 바로 그때였다.

메구밍이 갑자기 고개를 들더니―.

"⋯⋯확실히 융융은 저의 소중한 친구예요. 홍마족의 장래를 생각한다면, 액셀 마을을 떠날 생각이 없는 저나, 의욕이 없는 다른 사람보다는 그 애가 족장이 되는 편이 낫겠죠. 하지만⋯⋯."

메구밍은 붉은 눈동자로 나를 응시하고 말을 이었다.

"당신이 저 말고 다른 사람을 위해 목숨을 거는 걸 보면, 왠지 샘이 나요."

⋯⋯.

⋯⋯⋯⋯.

⋯⋯⋯⋯⋯.

"무슨 말이라도 좀 해보세요! 카즈마가 입 다물고 있으니까 부끄럽잖아요!"

"부끄러운 건 바로 나라고! 너 지금 무슨 소리를 하는 거야?! 얼굴이 벌게질 것 같으니까 그런 소리 좀 하지 말아줄래?!"

서로를 응시하고 있던 우리는 부리나케 서로의 손을 놓고, 고개 또한 반대쪽으로 돌렸다.

"아무튼, 카즈마는 내일 시련에 참가하지 마세요!"

"알았어. 그렇게 정열적으로 애원하는데 어떻게 참가하겠어. 다른 방법을 생각해볼게."

"정열적이었나요?! 아니, 뭐, 정열적이지 않았다고 생각하는 건 아니지만요! 아아, 정말! 내일도 일찍 일어나야 하니까, 빨리 자도록 해요!"

메구밍은 그렇게 말하더니 부끄러움을 숨기려는 듯 이불을 얼굴까지 덮었다.

나는 그런 메구밍에게—.

"어이, 오늘밤은 손을 맞잡고 자는 거 아니었어? 열네 살 여자애와 손을 맞잡은 채 자고 싶다고."

"이 남자는 정말 분위기 망치는데 선수라니까요!"

4

다음날 아침.

어제 그렇게 친구와 일족을 소중히 여기던 메구밍은—.

"이 어리석은 홍마족 놈들! 내 힘으로 이 마을에 파멸을

초래하겠노라!"

집에 처들어온 자경단을 상대로 대판 싸움을 벌이고 있었다.

"메구밍! 어제 너를 감옥에서 풀어줄 때, 또 폭발 소동을 일으키면 족장 시련이 끝날 때까지 가둬둘 거라고 말했지?! 어제 선포한 대로, 시련이 끝날 때까지 얌전히 있어줘야겠어! 큭, 나도 고레벨이라고! 너한테 몇 번이나 당할……."

"영창을 시작했어! 막아! 메구밍의 입을 막아!"

"힘이 세니까 조심해! 흉악한 맹수라고 여겨!"

"아아앗, 붓코로리! 어이, 메구밍의 손을 떼어내! 붓코로리가 입에 거품을 물었다고!"

고레벨인 메구밍이 격렬하게 저항하자 자경단 단원들도 밀리고 있었다.

다크니스도 그렇지만, 이 녀석들은 그냥 맨손으로 싸우게 하는 편이 더 도움이 되지 않을까.

"융융! 제가 감옥에 갇혀있는 동안, 최종 시련이든 뭐든 치르세요! 하지만, 이걸로 이겼다고 생각하지 마세요! 제가 감옥에서 나왔을 때 차기 족장이 되어 있지 않으면, 제가 족장 자리를 차지할 거예요!"

"메구밍, 붓코로리를 놔줘! 안 그러면 리저렉션으로 되살려야 할 거야!"

나는 연행되는 메구밍을 쳐다본 후 얼이 나간 융융을 향해 고개를 돌렸다.

"그럼 융융의 최종 시련 말인데……."

"나는 절대 싫어."

"나, 나는…… 저기, 으으……."

"세 사람 다 너무 태연한 거 아닌가요?! 메구밍이 또 끌려 갔단 말이에요!"

융융은 할 말이 있는 것 같지만 우리는 이미 이런 일에 익숙해졌다.

그것보다 아쿠아는 내가 말을 끝까지 잇기도 전에 거부했고, 다크니스는 우물쭈물하며 딱 잘라 대답하지 못했다. 하지만 그것도 납득은 됐다.

그것도 그럴 게, 악명 높은 홍마족의 시련 중에서도 특히 난이도가 높은 것이 바로 최종 시련이니까 말이다.

"……첫 번째 시련 때는 내가 융융의 파트너를 맡았다. 그리고 두 번째 시련 때는 아쿠아가 나섰지. 그렇다면 세 번째 시련은 우리의 리더인 카즈마가 나서야 하지 않을까?"

"다크니스가 웬일로 옳은 말을 다했네. 맞아. 이번 시련은 아직 눈곱만큼도 도움이 되지 못한 카즈마 씨에게 맡기자. 안 그랬다간 카즈마 한 명만 공기가 되어버릴 거야."

다크니스의 제안에 아쿠아가 바로 동의했다.

"유감스럽지만, 나는 참가할 수 없어. 모구닌닌이 출현하거든."

"그러니까, 그 모구닌닌이란 건 대체 뭐냐 말이다!"

그런 소리는 이런 괴상한 이름을 지은 홍마족에게 말해줬으면 한다.

"뭐, 마음 같아서는 나도 시련에 참가하고 싶거든? 하지만 한사코 말린 메구밍에게 걱정을 끼치면서까지 파트너를 맡는 것도 좀 그래. 물론 내가 파트너로서 참전하면 최종 시련 정도는 통과한 거나 다름없겠지만……."

"아아아아……. 이제 부탁할 사람은 카즈마 씨뿐인데……."

융융이 금방이라도 울음을 터뜨릴 것 같은 표정을 짓고 그렇게 호소하자, 나는 고개를 끄덕였다.

"실은 이번 시련을 확실하게 통과할 수 있는 사람을 딱 한 명 알아."

"—이쪽은 신기인 아이기스 군이야."

《만나서 반갑습니다. 아이기스 군입니다. 취미는 여성에게 점수를 매기는 것이고, 특기는 남을 부추기는 거죠. 잘 부탁함다~.》

"으, 으음……. 아, 안녕하세요?"

융융에게 노래하고 춤추는 신기, 아이기스를 소개시켜줬다.

"시, 신기……? 어이, 카즈마. 뭐가 어떻게 된 거냐? 전신 갑옷을 걸친 이 자가 신기라는 것이냐?"

쉴 새 없이 말을 늘어놓는 전신 갑옷을 본 다크니스가 당혹스러운 표정을 짓고 있을 때였다.

《어라라? 이 금발 누님은 낯이 익은걸. 그래. 미인 콘테스트에 나왔던, 바로 그 에로에로 바디의 애야! 여어, 아가씨. 나는 아이기스라고 해. 멋진 갑옷을 입었는걸. 나와 같이 서로의 갑옷을 애무하듯 닦아주는 놀이 안 할래?》

"이 비천한 갑옷 남자는 대체 뭐냐! 카즈마, 이런 게 진짜로 신기인 거냐?!"

"나한테 묻지 말고 아쿠아한테 물어. 그리고 본인이 자기 입으로 신기를 자칭한다고."

나는 아쿠아한테 말을 돌렸고 그녀는 뜻밖이라는 반응을 보였다.

"저기, 카즈마? 나는 이런 건 모르거든? 뭐든 남 탓으로 돌리지 말아줄래요?"

《응? 왠지 낯이 익네. 미인인데 전혀 땡기지 않아. 저기, 누님. 너는 인간이야? 아, 혹시 남자야? 거시기 님이 달린 건 아니지?》

두 사람은 시치미를 떼었고 아는 사이면서 모르는 척 하지 말라고, 라는 말이 내 목까지 치밀어 올랐다.

여자 취급을 못 받은 아쿠아가 아이기스를 걷어차는 가운데, 융융은 고개를 갸웃거렸다.

"아이기스 씨를 파트너로 삼으면, 시련을 확실하게 클리어할 수 있나요?"

"이 녀석은 스킬이나 마법이 통하지 않을 뿐만 아니라, 오리할콘으로 되어 있거든. 마지막 시련은 숲 속에서 하룻밤 동안 버티는 거지? 다크니스보다 튼튼한 데다 무적의 방어력을 자랑하는 이 녀석이라면, 그 정도는 수월하게 해낼 거야."

아이기스는 자율 가동형 갑옷이다.

한밤중에도 따로 보초를 세울 필요가 없고 이 녀석이라면 기습을 당하더라도 괜찮을 것이다.

《내 도움이 필요한 거야? 미안하지만, 오늘은 홍마족의 혼욕 온천에서 인테리어인 척 해야 하거든. 무방비하게 알몸을 훤히 드러낸 누님들을 몰래 지켜줘야 한다고.》

"모르나 본데, 그 목욕탕은 혼욕이 아냐."

《완전 사기네.》

바로 그때, 다크니스가 내 소매를 잡아당겼다.

"카즈마, 이게 진짜로 도움이 될 거라고 생각하느냐? 확실히 튼튼해 보이기는 하지만, 융융과 단둘이 있게 하는 건 매우 위험할 것 같은데 말이다."

《거 너무하네. 나를 장비하면 다른 갑옷은 안중에도 없게 될 걸?》

아이기스는 갑옷으로서의 자존심이 강한 건지 자신만만한 목소리로 그렇게 말했다.

"으……. 좋다. 그럼 한번 시험해보지. 나도 갑옷에 관해서는 일가견이 있으니 말이다."

《그렇게 나오셔야지. 하지만 나중에 우는 소리 하지 말라

고. 나는 착용자의 몸에 딱 맞도록 형태를 변화시켜서 항상 최고의 성능을 발휘하거든.》

분위기가 달아오르면서 왠지 대결 무드가 형성됐다.

"즉, 오더메이드 갑옷이라는 건가! 이거 기대되는걸. 너야말로 나를 실망시키지 마라."

《그럼 우선 걸치고 있는 걸 벗어. 부끄럽겠지만 속옷도 말이야. 최고의 퍼포먼스를 발휘하기 위해서는 어쩔 수 없지.》

………….

"그, 그러냐? 으…… 뭐, 뭐어, 상대는 갑옷, 그러니까 무기물이지. 신경 쓰는 게 이상하려나……. 그럼 저쪽에서……."

"저번에 에리스 님을 네 안에 넣었을 때는 형태를 변화시키지 않았잖아."

《입 다물어~! 이 어수룩해 보이는 애가 거의 다 속아 넘어갔는데……!》

"바, 박살을 내버리겠다!"

열 받은 다크니스가 아쿠아와 함께 아이기스를 걷어차는 가운데―.

"저, 저기! 아이기스 씨에게 부탁드릴 게 있어요!"

《가슴이 잘 자란 아가씨, 부탁이 뭐지? 말해보렴.》

융융은 진지한 표정을 짓고 아이기스 앞에 서더니, 상대의 성희롱 발언을 듣고 얼굴을 새빨갛게 붉히면서도 말했다.

"저, 저와 함께, 시련을 치러주시지 않겠어요?!"

《혹시 데이트 신청을 하는 거야? 보다시피 지금 바빠서 말이죠~. 우선 여기 계신 육감적인 누님을 좀 말려주지 않을래?》

"융융, 이 녀석은 절대 안 된다! 다른 방법을 생각해보자! 좀 약아빠진 방법이지만, 나와 아쿠아와 카즈마가 교대로 너를 돕는다든가……!"

다크니스가 그렇게 말하자 아쿠아가 낮은 목소리로 소곤거렸다.

"저기, 카즈마. 너도 자제 좀 해. 옛날에는 그렇게 성실하고 우직했던 상류층 아가씨가 저런 소리까지 늘어놓네."

"어이, 내 탓으로 돌리지 마. 이 녀석은 요즘 들어 권력의 맛을 알면서 귀족의 본질에 눈뜬 거라고."

"거기 둘, 시끄럽다! 애초에 우리는 시련 때마다 매번 파트너를 바꾸고 있지 않느냐. 시련 도중에 파트너를 교대하면 안 된다는 규약이라도 있는 것이냐? 없다면……."

다크니스가 융융을 설득하는 사이, 아쿠아가 또 낮은 목소리로 말했다.

"저기, 카즈마. 다크니스가 드디어 너처럼 말도 안 되는 소리를 늘어놓기 시작했어."

"어이, 몇 번이나 말했지만 내 탓으로 돌리지 마. 나는 저렇게 타락하지는 않았다고."

울먹거리면서 나와 아쿠아를 노려보는 다크니스를 향해

융융이 단호한 어조로 말했다.

"……아뇨. 저는 시련을 제대로 치르고 싶어요. 그리고 이번에야말로 메구밍에게……!"

마지막 시련 내용은 위험한 몬스터가 잔뜩 있는 홍마의 숲에서 하룻밤을 지내는 것이다.

　《좋은 생각이 났다! 저기, 아가씨, 이 주변에 텔레포트 전송 장소를 등록해둔 다음에 다른 마을에서 하룻밤 보내고 오는 거야. 그리고 아침에 이곳으로 텔레포트를 하는 거지. 한밤중의 숲은 정말 무서웠어…… 하고 엉엉 울면서 말하면 다들 믿어줄 거야!》

　"시련 내용을 들은 카즈마 씨도 같은 아이디어를 내놨죠. 하지만 저는 얌체 같은 짓은 안 하고 순전히 제 실력만으로 족장이 되고 싶어요……."

　《저기, 내가 그 남자와 같은 생각을 한 거야? 그거 꽤나 충격인걸.》

　—홍마족의 족장이 된다.

　그것이 바로 어릴 적부터 꿈이나 하고 싶었던 일이 딱히 없었던 나의, 유일한 목표였다.

　마력과 지력을 잰 날, 역시 족장의 딸답다. 이윽고 족장

자리를 이어받을 자다, 같은 칭찬을 받았다.

친구가 없었던 나는 그 말이 너무 기뻤다.

그리고 족장이 되는 것을 당연하게 여겼다.

《저기, 아가씨. 미소녀는 왜 감촉이 좋은 걸까? 미소녀는 왜 좋은 체취가 나는 걸까? 나, 그 점에 관해 연구해서 논문이라도 낼까 싶어. 분명 이 세계에 큰 보탬이 될 거야.》

"아이기스 씨가 하고 싶은 대로 하세요. 그런데 왜 갑자기 그런 소리를 하는 건가요?"

나는 아이기스 씨와 함께 홍마의 숲 속을 나아가고 있었다.

《으음, 모른다면 됐어. 아가씨, 둔감하다는 말 듣지 않아? 타인의 호의를 잘 눈치채지 못한다거나 말이야.》

"그렇지는 않다고 생각하는데요……."

아니, 정확하게는—.

《나 같은 갑옷 타입의 신기는 누군가가 안에 들어와 있으면 안심이 되거든. 갑옷을 벗겨보니 미소녀가 들어있었다! 같은 갭을 손님들도 좋아할 것 같지 않아?》

"그 손님이 어떤 사람들을 가리키는 건지는 모르겠지만, 그런가 보네요."

언제 몬스터들에게 기습을 당해도 괜찮도록 나는 아이기스 씨 안에 들어가 있었다.

"아이기스 씨. 당신은 신기라면서요? 그런데 이런데서 이렇게 노닥거리고 있어도 괜찮나요? 신께서 마왕을 쓰러뜨리기 위해 만든 것이 신기 아닌가요?"

《응~? 하지만 그런 건 재미없잖아. 뭐, 아름다운 누님이 마왕에게 능욕이라도 당하고 있다면 구하러 갈 거야. 하지만 딱히 그런 것 같지도 않고, 마왕군에 속한 여자 악마나 몬스터 아가씨들도 매력적이거든. 솔직히 말하자면, 나는 어느 쪽을 편들지 정하지 못했어.》

아이기스 씨는 자신을 창조한 신에 의해 존재 이유까지 정해졌다.

하지만 그런 그는 매우 자유분방했다.

"마왕군의 목적은 인류를 멸하는 거라고 들었거든요. 그러면 예쁜 여성들도 다 죽지 않을까요?"

《맞아~. 그건 곤란해~. 그냥 내 취향의 여자애만 모아서 지켜줄까? 그러면 에리스 님도 화를 안 내시겠지? 화를 낼 거라고? 하지만 새 주인님은 너무 고지식해서 나와 맞지 않단 말이야.》

신기로서 중대한 사명을 가지고 창조됐는데도 정말 자유롭네…….

《그것보다 아가씨. 족장이 되면 뭘 할 거야? 홍마족의 로브 자락 길이를 허벅지 아래 5밀리미터로 제한하는 규율을 만들어줘.》

"만들지 않을 거예요! 그랬다간 취임 첫날에 바로 쫓겨날 거라고요!"

족장이 되어서 할 일…….

우선, 지능이 뛰어난 몬스터를 잡아서 길들인 다음, 친구로…….

《뭐, 이렇게까지 족장이 되고 싶어 하는 걸 보면 족장이 되어야만 이룰 수 있는 꿈이 있는 거지? 나한테도 말해줄래? 홍마족의 엄청난 비밀 같은 거 말이야.》

………………

"족장이 되어야만 이룰 수 있는 꿈 같은 건 없어요. 그리고 딱히 하고 싶은 일도……."

《어, 거짓말! 그럼 왜 이렇게 노력하는 건데? 좀 더 편하게 살란 말이야. 나와 함께 미소녀 친구를 만드는 여행이나 떠나는 건 어때?》

"그거 참 좋은 생각이에요! 아, 미소녀에 집착하는 건 아니지만 같이 여행을 다니거나 친구를 만드는 건……."

아니, 그런 게 아니다.

나는 홍마족의 족장이 될 자.

그것이 내가 어릴 적부터 꿈꿔온 목표이자…….

《아가씨가 찬성할 줄은 몰랐어. 홍마족은 하나같이 자유분방하네. 호수를 마법으로 얼리고, 거기서 빙어 낚시를 하는 녀석을 봤을 때는 놀랐다니깐. 힘을 유익하게 쓰는 게 어때?》

아이기스 씨한테는 듣고 싶지 않은 말이지만 홍마족이 자유분방하다는 말은 내 가슴을 뒤흔들었다.

한때, 내 단짝 친구는 홍마족 제일의 천재라 불렸고 장래를 촉망받았다.

하지만 주위의 기대를 개의치 않으며 자신의 꿈을 좇았고, 결국 그 바보 같은 단짝 친구는 낙오자라 불리게 되었다.

하지만 하루하루가 즐거워 보였고 동료와 친구뿐만 아니라 좋아하는 사람까지 생긴, 대단하고, 바보 같으며, 소중한—.

《어머나, 몬스터가 나타났어요! 아가씨, 마법으로 확 쓸어버려. 마력이 바닥나면 나한테 말해. 이 아이기스 씨가 지켜주겠어……!》

"맡겨만 주세요. 홍마족의 족장이 될 자인 저의 특기는 바로 전투니까요."

만약 메구밍이 족장을 목표로 삼았다면 지금쯤 어떻게 되었을까.

만약 나 말고 다른 사람이 족장을 목표로 삼았다면, 그리고 족장의 자리를 양보해달라고 나에게 말했다면……

《바로 그거야, 아가씨. 나, 너 같은 애를 좋아해! 처음으로 나타난 적은 일격곰 씨군. 나는 저 녀석들이 질색이야. 공격한 방 한 방이 엄청 아프거든.》

"아이기스 씨의 갑옷에는 최대한 상처가 나지 않도록 할게요! 공격은 저에게 맡겨 주세요!"

《와아~. 이 애, 정말 믿음직하네. 마법사를 내 안에 집어넣은 건 처음인데, 혹시 우리는 궁합이 끝내주는 거 아냐? 저기, 아가씨. ⋯⋯아니, 내 절친, 융융. 우리, 이 싸움이 끝나고 나면—.》

아이기스 씨가 무슨 소리를 했지만 그 전에⋯⋯!

"『인페르노』—!!!!!"

나는 눈앞에 나타난 일격곰을 향해 한손을 내밀면서 마법을 펼쳤다—!

"⋯⋯⋯⋯아이기스 씨를 걸치면, 마법이나 스킬을 쓸 수가 없네요."

《응. 그래. 나를 걸친 마법사는 정말 아무 짝에도 쓸모가 없네.》

나는 화제를 바꾸기 위해 아이기스 씨에게 허겁지겁 말을 건넸다.

"그, 그것보다, 아까 하려다 말았던 말은 뭐죠?! 혹시 우리는 궁합이 끝내주는 거 아냐? 라는 말 다음에 말이에요⋯⋯! 절친 같은 단어가 들렸던 것 같거든요?!"

《아, 미안한데 아무것도 아냐. 그것보다 이 곰 좀 빨리 어떻게 해봐.》

"저기, 진짜로 무슨 말 했었잖아요! 절친이라는 말은 분명 했죠?! 제가 그 단어를 잘못 들을 리가 없어요!"

《이 애가 왜 이래? 나, 혹시 지뢰 밟은 거 아냐?! 저기, 빨리 곰이나 어떻게 해봐! 마법을 쓰지 못해도, 너는 고레벨 아크 위저드지?! 내가 끝내주는 방어력으로 지켜주는 동안, 어떻게 좀 해봐!》

지금은 쓸데없는 생각은 하지 말고 눈앞의 적을 쓰러뜨리는 것만……!

"맞아! 지금이야말로 애용하는 단검으로……! ……아아, 하지만 이건 처음으로 친구와 함께 쇼핑했을 때 산, 소중한 단검인데……."

《이 애, 엄청 문제가 많은 것 같지 않아?! 저기, 전투가 끝나고 나면 일단 내 몸 밖으로 나가줄래? 그리고 재정비할 시간을 가지자!》

─이 시련이 끝나고 나면, 이번에야말로 내 라이벌에게 승리 선언을 해줄 것이다.

그리고, 쭉 하지 못했던 그 말을…….

"내 이름은 융융! 아크 위저드이자, 상급 마법을 펼치는 자……."

친구인 네가 있었기 때문에 힘을 낼 수 있었다.

별것 아니던 목표가, 소중한 목표가 된 것도 다 네 덕분이라고……

나보다 훨씬 크고, 남들이 비웃는 꿈을 한결같이 좇던, 네가 있었기 때문에 여기까지 올 수 있었다고…………!

내 라이벌이 되어줘서, 정말 고맙다고—!

"홍마족 제일의 마법사이자, 이 마을의 우두머리가 될 자—!!"

《씹고 있거든? 아가씨, 이 곰이 나를 자근자근 씹고 있단 말이야! 서두르지 않았다간, 내가 저 녀석에게 완전히 씹어 먹힐지도 모른다고!》

1

다음날 아침, 융융은 지칠 대로 지친 얼굴로 돌아왔다.

밤새도록 들려왔던 마법이 작렬하는 소리가, 이 시련이 얼마나 가혹했는지 이야기해주고 있었다.

융융은 마력이 바닥나면 아이기스 안에서 휴식을 취하고, 겨우 회복된 한줌의 마력을 쥐어짜내며 계속 싸웠다고 한다.

보통 이 최종 시련은 홍마족 두 명이 교대로 눈을 붙이면서, 뛰어난 마력과 공격력으로 임해야 겨우 통과가 가능할 만큼 난이도가 높은 것 같았다.

듣자하니 융융은 중급 마법도 쓸 수 있다고 했다.

약한 적에게는 마력 소비가 적은 마법을 써서 마력을 아끼고, 말 그대로 경이적인 생존능력을 발휘했다.

신기인 아이기스는 공격력이 없으니 거의 혼자서 시련을 통과한 것이나 다름없는 융융은—.

"족장! 족장!"

"뇌명을 부르는 융융이라면, 언젠가 해낼 거라고 생각했어!"

"저기, 융융! 우리는 친구 맞지? 다음에 홍마의 숲에 같이 사냥하러 가자!"

"오늘은 정말 경사스러운 날이군! 최강의 족장이 탄생했어!"

홍마족의 차기 족장이 결정된 그날 밤…….

지칠 대로 지친 채 죽은 듯 잠들었던 융융이 깨어나자, 마을의 광장 중앙에서 일족 전원이 참가하는 축제가 열렸다.

"아하하하하하하! 카즈마, 저기 좀 봐! 메구밍이 늘어났어!"

이미 술에 취해버린 아쿠아가 메구밍을 손가락으로 가리키며 깔깔거렸다.

"늘어나지 않았거든요?! 아쿠아가 과음한 것 같네요! 다크니스, 아쿠아 좀 말려주세……."

유일하게 맨 정신인 메구밍이 다크니스에게 도움을 청했지만—.

"더스티네스 가문의 일원은 굴하지 않는다! 나는 독에도 내성이 있다! 그 어떤 도전도 피하지 않는다!"

"그렇군요! 자, 다크니스 양은 저와 계속 마시죠! 만약 제가 술로 진다면, 앞으로는 카즈마 씨와 제 딸아이 사이의 일에 간섭하지 않겠어요!"

고개를 돌려보니 유이유이가 권한 술을 넙죽넙죽 받아 마시고 얼굴이 벌게진 다크니스의 모습이 눈에 들어왔다.

이미 과음을 한 건지, 아쿠아만큼은 아니지만 꽤 휘청거리고 있었다.

나와 메구밍은 내일 돌아갈 예정이다.

그러니 이 마을에 머무는 마지막 밤인 오늘, 우리가 선을 넘게 하기 위해서 유이유이는 방해꾼인 다크니스에게 술을 먹여대고 있는 것 같았다.

"너도 한 잔 하지 그래? 평소 같으면 네가 술 마시는 걸 말리는 다크니스도 저렇게 곯아떨어졌잖아."

"으으……. 마음 같아서는 그러고 싶지만……."

평소 다크니스는 아직 몸집이 작은 메구밍이 술을 못 마시게 했다. 하지만 그런 다크니스가 술에 취해서 말리지 못하는 상황인데도 메구밍은 머뭇거렸다.

메구밍은 항상 자기는 어린애가 아니라면서 술을 마시고 싶어 했는데…….

바로 그때였다.

"메구밍, 여기 있었구나! 빨리 잡아!"

어느새 우리에게 다가온 홍마족, 후니후라와 도돈코가 메구밍을 덮쳤다.

"이, 이게 무슨 짓이냐! 둘 다 취한 거예요?! 수많은 거물을 사냥한 저는 두 사람보다 레벨이 높거든요?! 홀랑 벗겨질 각오가 됐다면 얼마든지 덤벼보세요!"

"우리랑 좀 어울려주면 덧나기라도 해? 그리고 너도 슬슬 저 사람과 어디까지 갔는지 실토하란 말이야!"

"맞아! 아무리 물어봐도 사랑에 빠진 소녀 같은 표정을 짓고 항상 말을 돌렸잖아! 가장 색기와 거리가 멀던 메구밍한테 어째서 남자가 생긴 거냔 말이야!"

아무래도 이 두 사람은 나와 메구밍이 어떤 관계인지 궁금한 것 같았다.

"맨 정신일 때라면 몰라도, 주정뱅이가 술안주거리로 삼을 이야기는 아니거든요?! 자, 저쪽에 있는 네리마키와 아루에한테 놀아달라고 하세요!"

"너, 진짜 매정하네! 자주 얼굴을 보지도 못하니까, 이럴 때라도 좀 어울려주면 어디 덧나기라도 해?!"

"동감이야! 그리고 가능하면 네 주위의 이성 친구라도 소개해줘! 융융한테 친구를 소개해달라는 건 좀 가혹하잖아!"

"진짜 성가신 주정뱅이들이군요! 융융이 방금 그 말을 들었으면 울음을 터뜨렸을 거예요!"

메구밍이 저 두 사람에게 시달리는 사이, 광장의 중심에는 그녀보다 더 시달리고 있는 소녀가 있었다.

"─족장! 족장!"

"족장! 족장!"

"이, 이러지 마! 나는 아직 차기 족장이야! 그리고 아빠가 섭섭해 한단 말이야!"

주위의 홍마족들이 그렇게 외쳐대자 융융은 얼굴을 붉히기는 했지만 기쁨을 감추지 못했다.

그런 차기 족장의 옆에서는─.

《안녕하십니까! 차기 족장과 한 몸이 되었던 아이기스라고 합니다!》

성희롱 마니아인 신기가 마치 이 자리의 주인공인 것처럼 굴고 있었다.

"아이기스 씨, 그런 소리 하지 마세요! 그냥 안에 들어갔을 뿐이잖아요!"

《그래. 안에 집어넣고 격렬한 운동을 했지.》

아이기스는 오해 사기 딱 좋은 발언을 입에 담았고 융융의 아버지이자 현 족장인 아저씨가 분노를 터뜨렸다.

"그그, 그게 무슨 소리지?! 나는 내 딸을 이런 무기물에게 몸을 허락하는 애로 기른 적 없다!"

"아빠, 무슨 소리 하는 거야?! 그리고 아이기스 씨가 그런 이상한 소리를 하니까……!"

융융이 허둥지둥 말렸지만 아이기스는 계속 도발을 해댔다.

《당신 딸내미 말인데, 체취도 정말 끝내주더군요. 그리고

체온이 높아서 따뜻하던걸요.》

"『라이트닝 스트라이크』!"

결국 뚜껑이 열린 족장이 참다못해 마법을 날렸다.

하지만 하늘에서 떨어진 번개는 아이기스의 표면에 닿자마자 그대로 튕겨났다.

《나는 마법 무효화 능력을 지녔다고요. 하지만 장인어른께서 이렇게 한탄하는 심정도 이해하죠! 자, 참지 말고 저를 마구 두들겨 패세요!》

"자자자, 장인어른이라고 부르지 마라아아아아아!"

도발에 넘어간 족장이 분노에 사로잡힌 채 주먹을 휘둘렀지만 상대는 갑옷이었다.

"크으으으, 주주, 주먹이……!"

족장은 주먹을 움켜쥐고 그대로 몸을 웅크렸다.

《장인어른, 괜찮으십니까! 죄송합니다! 사실 저는 오리할콘으로 되어 있거든요! 그리고 따님은 속살이 참 부드럽더군요!》

"우오오오오오오오!"

"아이기스 씨, 아빠 좀 그만 놀리세요!"

민폐 덩어리인 갑옷에게 융융과 족장이 휘둘리는 모습을 본 후니후라와 도돈코가 새된 목소리로 고함을 질렀다.

"앗, 도돈코! 융융 말인데, 저 갑옷남과 꽤 좋은 분위기인 것 같지 않아?!"

"말도 안 돼! 메구밍만이 아니라 저 애한테도 추월당한 거야?!"

내가 저 갑옷 안에 아무도 들어있지 않다는 것을 가르쳐 주기도 전에, 두 사람은 융융을 향해 돌격했다.

"너 대체 어떻게 된 거야?! 얌전하게 생겨서, 실은 할 짓 안 할 짓 다 하고 있었던 거야?! 진짜 발랑 까졌네!"

"평소 친구를 사귀고 싶다며 그렇게 난리를 치더니, 이성 친구는 충분히 있었던 거야?! 융융, 우리는 친구 사이지?! 부탁이야, 멋진 오빠 좀 소개시켜줘!"

《자, 아가씨들? 나를 차지하려고 다투지 말아줄래?》

"두 사람이 무슨 소리를 하는 건지 모르겠지만, 일단 진정 좀 해! 그리고 아이기스 씨도 괜히 끼어들지 말아줄래요?!"

─많은 사람들에게 놀림을 당한 융융은 그래도 축하의 말을 들으며 즐거운 듯 배시시 웃었다.

"자, 아쿠아. 다크니스. 이런데서 자면 감기 걸릴 거예요. ……엄마도 일어나세요. 잘 거면 집에 가서 자요."

동생이 있어서 그런지 남들을 잘 챙기는 메구밍이 술에 취해 곯아떨어진 이들을 흔들었다.

"코멧코, 배가 부르니 졸리나요? 그래도 미안하지만, 엄마를 집으로 옮기는 걸 도와주세요."

"귀찮으니까 두고 가자. 나중에 아빠를 불러올 테니까……."

"코멧코, 아무리 귀찮아도 부모님을 버려두고 가면 안 돼요!"

광장의 모닥불이 따뜻한지 코멧코는 그 앞에서 몸을 웅크린 채 졸기 시작했다.

메구밍은 그런 동생을 보고 한숨을 내쉰 뒤 주정뱅이들을 집으로 옮기는 것을 포기한 건지 모포를 덮어줬다.

그리고 모포를 덮고 곤히 잠든 이들을 둘러보고 쓴웃음을 짓더니, 여전히 홍마족과 아이기스에게 놀림을 당하고 있는 융융을 쳐다보았다.

나는 멀찍이서 융융을 쳐다보고 있는 메구밍에게 다가가서 말했다.

"너는 융융에게 안 가볼 거야?"

"지금 저쪽에 가면 융융과 비교를 당할 테니까요. 안 그래도 엉터리 마도사라는 소리를 듣고 있는데, 일부러 나쁜 소리를 들으러 갈 필요는 없잖아요. 그건 그렇고, 외톨이인 저 애가 저렇게 사람들에게 둘러싸여 있는 건 정말 흔치 않은 일이죠. 고생한 보람이 있네요."

메구밍은 남이야기를 하듯 그렇게 말하고 사람들에게 둘러싸여 있는 융융을 밝은 표정으로 응시했다.

"드디어 추월을 당하고 말았네요."

메구밍의 목소리는 밝았지만 그녀의 뒷모습은 왠지 쓸쓸해 보였다.

"……이걸로 너희 둘의 승부는 결판이 난 거야?"

"그럴 리가 없잖아요. 라이벌이 저보다 조금 앞서나가고 있을 뿐이에요. 저는 언젠가 모든 홍마족이 부러워할 정도의 공적을 세우고 말 거예요. 그래요……. 예를 들자면, 저희 파티가 마왕을 해치우는 건 어떨까요?"

"나는 절대 같이 안 갈 거야. 네가 엉엉 울면서 졸라도, 그것만은 절대 안 해."

내가 딱 잘라서 그렇게 말하자―

"그럼, 마왕을 쓰러뜨린다면 제가 뭐든 다 해줄게요."

…………

"방금 뭐든 다 해준다고 했어?"

"예. 진짜로 뭐든 다 해줄 생각이에요."

이 녀석은 왜 항상 강속구만 던져대는 걸까. 던질 줄 아는 게 직구뿐인 건가.

"하지만 메구밍은 의외로 쉬운 애니까, 마왕을 쓰러뜨리지 않아도 웬만한 건 다 해줄 것 같거든?"

"그런 소리 하지 마세요. 저도 꽤 신경 쓰고 있단 말이에요. 옛날의 저는 좀 더 날카로웠는데, 어쩌다 이렇게 된 건지……."

메구밍은 자기가 먼저 말을 꺼냈는데도 부끄러운지 귀까지 새빨개졌다.

"저기, 메구밍. 그러고 보니 오늘은 아직 일과를 안 했지?"

"예. 이 축제가 최고조에 이르렀을 때 하늘에 폭렬마법을 냅다 쏴서, 마을 사람들에게 확 겁을 줄까 생각 중이에요."

이 녀석은 정말 남 괴롭히는 데는 선수라니깐.

"융융을 축하해주는 자리잖아. 오늘 하루 정도는 그냥 봐주라고."

"라이벌이 축하받는 자리이기 때문에 그럴 작정이었는데 말이죠……."

만약 그것 때문에 이 축제가 중지된다면 융융이 울음을 터뜨릴 거라고.

메구밍은 어쩔 수 없군요, 라고 중얼거린 후 어깨를 으쓱했다.

그리고 다시 라이벌을 멀찍이서 응시하고 있는 메구밍을 향해—.

"저기, 단둘이 몰래 빠져나가지 않을래?"

"……그렇게 엉큼한 짓이 하고 싶은 거예요? 이 남자는 정말……."

"그, 그런 게 아냐!"

젠장, 이것도 내 평소 행실 때문이려나.

게다가 방금 그 말에 약간 혹한 나 자신이 한심했다.

"그럼, 빠져나가서 뭘 할 건데요? 이 상황에서 저희 둘이 사라지면, 내일 놀림을 받을 텐데요……."

메구밍이 약간 난처한 것 같으면서도—.

내키지 않는 건 아니라는 듯 쓴웃음을 지었다.

……마왕은 무리지만 말이야.

그래도 이 녀석과 라이벌 사이에 생긴 격차를 조금이라도 좁혀주고 싶어졌다.

"……어?"

내가 아무 말도 하지 않자, 메구밍은 영문을 모르겠는지 고개를 갸웃거렸다.

"지금 바로 일과를 하러 가자."

나는 그런 메구밍을 향해 미소를 짓고 그렇게 말했다.

2

홍마의 마을 주변에는 강한 몬스터가 서식하고 있었다.

그리고 원래 몬스터는 야행성일수록 강력하다고 알려져 있다.

왜 지금 그런 생각이 났냐면—.

"하하하하하하하! 메구밍, 저기 좀 봐! 일격곰이 늘어났어!"

"뭐가 늘어났다는 거예요! 안 늘어났거든요?! 카즈마, 혹시 술에 취한 거 아니에요?!"

나와 메구밍은 마을 주변의 숲 속에서 몬스터들에게 쫓기고 있었다.

"술을 마시긴 했지만, 취하지 않았어! 그러니까 걱정하지 마!"

"전혀 괜찮지 않아 보이거든요?! 평소의 카즈마라면 일격곰과 마주치자마자 비명을 질렀을 거라고요!"

나는 천리안에 의한 암시(暗視)와 도주 스킬을 이용해 메구밍의 손을 잡아끌면서 멋지게 도망 다니고 있었다.

"헤이, 곰돌이! 겁먹은 거냐?! 내가 바로 카즈마다! 어디 한 번 쫓아와보라고!"

"술 취했죠?! 실은 정신줄 놓을 정도로 취한 거죠?!!"

"우워어어어어어어어어어어엇!!"

나는 뒤편에서 쫓아오는 털북숭이를 향해ㅡ.

"『저격』!"

"쿠오오오오오오오오오?!"

ㅡ어둠속을 내달리면서 등 뒤의 적을 저격한다고 하는, 고난도의 기술을 선보였다.

"메구밍, 봤지?! 이게 영웅 카즈마 씨의 실력이야! 어때? 멋지지?!"

"멋져요! 멋지니까 좀 뛰세요! 대체 어디를 공격했길래 일격곰이 저렇게 화를 내는 거죠?!"

레벨이 높아서 그런지 별 무리 없이 따라오는 메구밍을 향해 내가 말했다.

"저 녀석은 수컷 같네! 방금 급소에 한 방 먹여줬지!"

"으스댈 때가 아니잖아요! 그런 짓을 하면 어떻게 하냐고요!"

메구밍은 내 말을 듣더니 영창을 시작했다.

아무래도 저 일격곰을 자기 일과의 제물로 삼으려는 것 같았다.

하지만—.

"어이쿠, 아직 일러. 후후, 그렇게 서두르지 말라고."

"으윽?! ……푸핫! 왜 방해를 하는 거예요?! 이대로 있다간 따라잡힐 거라고요! 그냥 저 일격곰에게 폭렬마법을 날리겠어요! 저 정도면 적당한 상대란 말이에요!"

내가 검지로 입을 막자 메구밍은 울상을 짓고 그렇게 외쳤다.

"저딴 졸개한테 네 마법을 쓰면 안 되지. 폭렬마법은 최강 마법이거든? 쓸데없이 허비하지 말라고!"

"카즈마, 뭐 잘못 먹었어요?! 뛰어다니느라 취기가 더 도는 거예요?! 평소 같으면 빨리 쓰라고 난리를 쳤을 거잖아요!! 그것보다, 빨리 안 쓰면 저딴 졸개한테 당하고 말 거라고요!"

나는 옆에서 뛰고 있는 메구밍을 쳐다보고 손가락을 까딱

거렸다.

"내가 누구인지 잊은 거야? 바로 잠복 스킬을 보유한 카즈마 씨라고!"

"이미 완벽하게 발각됐거든요?! 제발 부탁이니까 평소의 카즈마로 돌아와 주세요!"

잠복 스킬은 메구밍이 말한 것처럼 적에게 발각된 후에 써 봤자 효과가 없다.

하지만, 이렇게 한다면—.

"『크리에이트 어스』."

한밤중의 숲에서 플래시 마법을 쓰면 적들의 이목을 끌 수 있다.

나는 한손으로 흙을 움켜쥔 후—.

"『윈드 브레스』!!!!!"

"?!!!!"

등 뒤까지 접근한 일격곰에게 오랜만에 시야 차단 콤보를 먹여줬다.

그리고 저 녀석이 우리를 놓친 틈에……!

"잠깐, 카즈마……! 기다려—."

—어둠 속에서 포옹을 한 우리는 서로의 숨결이 느껴질 때마다 몸을 부르르 떨었다.

(훗……. 아까 뭐든 하겠다고 말했으면서, 이제 와서 긴장

한 거야?)

(긴장하는 게 당연하잖아요! 카즈마는 바보인가요?! 카즈마는 중증 바보인거죠?! 저는 지금 목숨의 위협을 느끼고 긴장한 거라고요!)

"킁~, 킁…… 크엉!"

일격곰을 우리를 찾기 위해 코를 킁킁거리면서 주위를 살폈다.

(메구밍, 어때? 한밤중에 데이트를 하니 가슴이 뛰지 않아?)

(가슴이 뛰어요! 너무 뛰어서 터질 것만 같다고요! 제발 부탁이니까 입 좀 다물고 있어요!)

우리 옆을 지나간 일격곰이 신경질적으로 냄새를 맡아대며 돌아다녔다.

하지만 잠복 스킬은 후각에도 작용한다.

이대로 메구밍과 한동안 포옹하고 있자 이윽고 일격곰은 이 자리를 벗어났다.

"결국은 짐승에 불과한가……. 내 상대는 못 되는군."

"평소에도 이렇게 자신감이 넘친다면, 더 많은 모험을 할 수 있을 것 같은데 말이죠……."

나는 잠복 스킬을 해제한 후 적 탐지 스킬로 주위를 살폈다.

"좋아. 메구밍, 저쪽에서 거물의 기척이 느껴지니까 가보자."

"거물이 아니라도 괜찮거든요?! 대체 왜 이러는 거예요? 아무리 술에 취했어도 너무 이상하잖아요!"

이상한 건 내가 아니라 메구밍이다.

"그러는 너야말로 평소에는 거물에 환장했잖아."

"저도 거물을 좋아하기는 하거든요? 하지만 그건 파티 멤버 전원이 모여 있고, 카즈마가 정상일 때라고요!"

바로 그때였다.

나무가 무성한 숲을 뒤덮은 어둠 너머에서 거친 숨소리가 들려왔다.

그와 동시에 찬란히 빛나고 있는 푸른 눈동자가 우리를 향했다.

"드디어 나타났군. 자, 다음 상대는 나를 만족시켜줄 수 있으려나?"

"바보 같은 소리 하지 말고 빨리 도망치죠, 카즈마! 어둠 속에서 빛나는 푸른 눈동자! 저건 고고한 늑대이자 이 숲의 제왕인 펜리르예요!"

새하얗게 빛나는 숨결을 토하며 이쪽으로 걸어오고 있는 거대한 은색 늑대는 우리를 전혀 경계하지 않았다.

"평소 같으면 용돈벌이 삼아 사냥했겠지만, 오늘은 너 정도로는 만족 못하거든. 눈감아줄 테니까, 운 좋은 줄 알라고……."

"그 자신감은 대체 어디서 나오는 거죠?! 펜리르예요, 펜리르! 안 그래도 위험한 백랑(白狼)의 상위호환에 해당하는 몬스터, 베테랑 모험가도 전멸시키는 거물이란 말이에요!"

펜리르는 내 말이 도발이라는 것을 이해한 건지 언짢아하듯 코웃음을 쳤다.

저 녀석이 우리를 향해 걸음을 내디딜 때마다 지면에 깔린 풀이 얼어붙었다.

"아하, 너는 얼음을 조종하는구나. 이런 우연도 다 있네. 나도 물과 얼음을 조종해. 누가 한 수 위인지 어디 한 번 겨뤄볼까?"

"카즈마의 약해빠진 프리즈 따위는 비교 대상조차 못 되거든요?! 이제 됐어요. 이번에야말로 제가 해치울 테니까, 시간이나 벌어……."

메구밍이 그렇게 말하고 영창을 시작하려던 순간, 나는 그녀의 머리에 손을 얹고 입을 열었다.

"아직 네가 나설 때가 아니니까, 그건 아직 아껴두라고. 자, 멍멍아. 한밤중의 무도회를 시작해보자! 나와 같이 춤추자고!"

"진짜 뭐라도 잘못 먹었어요?! 평소에는 그런 소리는 절대 안 하잖아요! 게다가 이런 카즈마가 멋져 보이니 왠지 분해요!"

내가 자신만만하게 나서자 펜리르가 드디어 움직임을 선보였다.

"……카즈마, 얕보고 있어요. 완전 얕보고 있다고요!"

나와 마주선 펜리르는 뒷발로 자신의 목덜미를 긁었다.

전투 중에 취할 행동과는 거리가 멀지만—

"아니, 이 녀석은 나를 얕보는 게 아냐. 나를 방심시키려는 거지. 하지만, 나한테는 그런 수가 통하지 않아! 『크리에이트 워터』!"

나는 상대의 방심을 유도하고 있는 펜리르에게 인사 삼아 물마법을 날렸다.

하지만 펜리르는 그것을 피하지도 않았다.

"카즈마, 펜리르가 기분 좋아 하는 것 같거든요?! 펜리르는 얼음과 물 속성을 선호해요! 완전히 목욕이라도 하고 있는 것 같네요!"

"훗……. 그렇게 기분이 좋다면 더 뿌려줄까? 『크리에이트 워터』! 『크리에이트 워터』!!!"

나는 기분 좋은 듯이 물을 뒤집어쓰고 있는 펜리르에게 연달아 물을 뿌렸다.

그러자 펜리르는 기분 좋은지 눈을 가늘게 뜨며 물을 계속 맞았고—

곧, 그런 펜리르에게 변화가 발생했다.

발끝이 지면 채로 얼어붙어버리고 만 것이다.

몸을 움직일 수 없는 상태는 아니지만 움직임이 다소 느려질 것이다.

"상대가 자기보다 약하다고 생각해서 방심한 거지? 미안하지만, 이미 승부는 갈렸어. 『크리에이트 어스』!"

"……?!"

기분 좋은 표정을 짓고 있던 펜리르는 내가 던진 흙덩어리를 보더니 그대로 몸을 뒤편으로 뺐다.

상대는 늑대인 만큼, 평범하게 마법을 날려봤자 간단히 피하고 말 것이다.

하지만……!

"승부는 이미 갈렸다고 아까 내가 말했을 텐데? 『윈드 브레스』!"

나는 걸치고 있던 망토를 던지면서 그대로 마법을 펼쳤다.

망토가 바람 마법에 의해 활짝 펼쳐졌고 시야를 가렸다.

펜리르는 방금 흙덩어리를 피하면서 발이 얼어붙은 바람에 움직임이 둔해졌다는 점을 눈치챘으리라.

그런 펜리르는 망토를 피하지 않았고—.

"크엉!"

"『바인드』!"

앞발로 망토를 쳐낸 순간, 내 바인드가 작렬했다.

"커엉! 크르르르르릉, 아우우우우우우우!!!!!"

이제야 내가 위협적인 존재라고 인식한 펜리르는 특제 와이어에 묶인 채 으르렁거렸다.

"아, 아아……. 서서, 설마 카즈마가, 이렇게 간단히 펜리르를 무력화시키다니……!"

나는 꼼짝도 못하는 펜리르를 향해 천천히 걸어갔고, 내 뒤편에 있던 메구밍이 몸을 부르르 떨면서 탄성을 터뜨렸다.

"뭐, 조금 즐거웠어. 그럼 마무리를 지어볼까……."

나는 그렇게 말한 뒤 펜리르의 숨통을 끊어주기 위해 다가갔다.

"멋져요……! 카즈마가 오늘 정말 멋져 보여요……! 하지만, 아무리 펜리르의 움직임을 봉쇄했어도 다가가는 건 위험해요. 그냥 안전하게 활로 해치우는 게……."

메구밍은 내 활약을 보고 감동했으면서도 그런 충고를 아끼지 않았다.

"자기보다 약한 상대를 그런 식으로 유린하고 싶지는 않아. 이 녀석은 잘 싸웠어. 싸울 상대를 잘못 고른 것뿐이야……."

"처, 처음에는 카즈마가 미치기라도 한 줄 알았지만, 다시 반해버릴 것만 같아요……! 하지만 카즈마는 검을 가지고 있지 않은데……."

그렇다. 나는 숲을 뛰어다니게 될 것 같아서 활만 챙겨왔다.

하지만—.

"검이 없으면 만들면 돼. 『크리에이트 워터』."

내 오른손에서 물이 뿜어져 나왔다.

"하다못해 이 녀석이 좋아하는 속성의 공격으로 편하게 만들어주겠어. 『프리즈』……!"

"아……. 아아……. 아아아아……."

오른손에서 뿜어져 나온 물이 소리를 내며 얼음으로 변해 갔다.

그것은 내가 원하는 형태로 변하더니—.

"이게 빙결 마법의 진정한 사용법이야."

"머머머, 멋져요! 정말 멋져요! 오늘은 카즈마가 멋져도 너무 멋져 보여요!"

메구밍은 한때 가면 도적단 소속인 나를 쳐다볼 때처럼 동경심으로 가득 찬 눈빛을 머금고 있었다.

나는 펜리르의 숨통을 끊어줄 수 있는 위치까지 다가갔다.

"아무래도 내 마법이 더 뛰어난 것 같군. 그럼, 영원히 잠들어—."

나는 체념한 눈빛을 띤 펜리르의 가슴을 향해 얼음 칼날을 휘둘렀다!

—나는 잠복 스킬을 쓴 채, 한밤중의 숲 속을 허겁지겁 뛰어다니고 있었다.

"취소할래요! 아까 제가 했던 카즈마가 멋지다는 말을 취소할 거라고요!"

역시 펜리르는 고레벨 몬스터라 그런지 얼음 칼날 따위로 찔러봤자 생채기 하나 나지 않았다.

"하긴~, 마법으로 만들어봤자 어차피 얼음에 불과하잖아~. 그런 걸로 보스급 늑대의 모피를 꿰뚫을 수 있을 리 없지~."

"느긋하게 그런 소리나 늘어놓지 말고, 서두르기나 해요! 늑대 계열의 몬스터는 후각이 뛰어나니까, 잠복 스킬을 써도 발각될지 몰라요!"

공격에 실패한 나는 펜리르가 금방이라도 바인드에서 벗어날 듯한 움직임을 보이자마자 그대로 허둥지둥 도망쳤다.

울음소리가 몇 번이나 들려오는 것을 보면 펜리르가 우리를 찾고 있는 것 같았다.

"뭐, 실질적으로는 내가 이긴 거나 다름없어. 게다가 싸우기 전에 내가 눈감아주겠다고 말했잖아? 그래놓고 죽인다면 입맛이 씁쓸할 거야."

"왜 그렇게 긍정적인 거죠?! 이제 그만 돌아가요! 오늘은 카즈마만이 아니라 이 숲도 이상해요! 펜리르는 원래 숲 깊숙한 곳에 지내는데……."

홋, 그래. 그렇게 된 건가.

"강적의 기운, 그러니까 나를 느끼고 나온 거겠지."

"이 주정뱅이가 정말……!"

메구밍이 울먹거리면서 그런 소리를 늘어놓는 가운데, 나는 적 탐지 스킬로 펜리르 이상의 거물을 찾아봤다.

"펜리르보다 더 엄청난 기척이 느껴지네. 이번에야말로 내가 찾는 녀석이려나?"

"이제 됐어요! 멋대로 하라고요! 이렇게 됐으니 끝까지 어울려 주겠어요! 펜리르든, 드래곤이든, 폭살마인이 상대든 간에……!"

메구밍이 될 대로 되라는 어조로 그렇게 외쳤고 나는 엄지를 치켜들며 웃음을 터뜨렸다.

"말 한 번 잘했어! 오늘 밤의 표적은 바로 폭살마인 모구닌이야. 그런 어이없는 이름을 지닌 녀석을 확 날려버리자고!"

"모구닌이라고 줄여서 부르지 마세요! 왠지 제 이름과 비슷하잖아요! 그리고 이제 와서 이런 소리를 하는 것도 그렇지만, 제정신이에요?!"

제정신이냐고?

이 녀석이 대체 무슨 소리를 하는 거지?

"공교롭게도 나한테는 정신이 나갔다는 소리를 듣고 있는 동료가 있지!"

"뭐라고요?! 그래요, 좋아요! 어디 한 번 해보자고요!! 드디어 카즈마의 의도를 알겠네요! 그냥 처음부터 말해주지 그랬어요!"

족장이 되기 위한 조건은 바로 시련을 통과하거나, 거물을 사냥해야 한다.

오늘 밤에 일어난 이 일은 남들이 몰라도 상관없다.

나와 메구밍, 우리 둘만이 지지 않았다는 사실을 알고 있으면 되는 것이다.

그렇다. 마왕을 쓰러뜨리는 건 무리지만……!

"정말, 이래서 당신을 좋아하는 거라고요!"

"그런 건 옛날부터 알고 있었다고! 내가 펜리르보다 강하다는 건 방금 증명했지? 이번에는 네가 증명할 차례야!"

"좋아요! 저야말로 폭살마인이라는 호칭에 걸맞는 존재라는 걸 카즈마 앞에서 똑똑히 증명해 주겠어요!"

메구밍은 그렇게 말하더니 환한 미소를 머금었다.

3

적 탐지 스킬이 격렬한 반응을 보였다.

(멈춰. 근처에 있어.)

나는 메구밍을 향해 손을 내밀고 작은 목소리로 그렇게 말했다.

(……카즈마, 당신은 암시를 쓸 수 있죠? 그런데 왜 아까부터 적을 발견해서 저를 제지할 때마다, 제 가슴에 당신 손이 닿는 거죠?)

(나도 완전무결한 인간은 아니거든. 그러니까 이 정도 실수는 용서해줘. 그것보다, 저기 좀 봐…….)

나는 낮은 목소리로 그렇게 소곤거리고 탁 트인 장소의 한가운데를 손가락으로 가리켰다.

그리고―.

(그래. 확실히 닌닌이라는 말이 어울리네.)

어처구니없는 이름이라고 생각했지만 지금은 약간 납득이

됐다.

(닌닌이 어쨌다는 거죠? 그것보다, 카즈마도 저기 좀 보세요! 저 반짝거리는 광택과, 독특한 형태! 쓰러뜨린 후에 집에 가져가고 싶을 정도예요)

그것은 이족보행 로봇이었다.

또한, 닌자처럼 생겼다.

은밀 행동에 특화된 것 같고 민첩해 보이는 녀석이다.

찬란히 빛나고 있는 외눈이 주위를 비추고 있었으며 그 모습을 보니 저 녀석에게 잠복 스킬이 통하지 않을까봐 좀 걱정이 됐다.

아니, 그것보다―.

(아하, 펜리르는 저 녀석한테서 도망치고 있었나 보네요. 그럼 시작하죠! 카즈마가 이렇게까지 신경써준 만큼, 반드시 해치우고 말겠어요!)

나는 의욕을 불태우고 있는 메구밍의 옆에서 이렇게 말했다.

(……어이, 역시 오늘은 그냥 돌아갔다가, 내일 하는 게 어때?)

(그리고 저야말로 폭살……. ……방금 뭐라고 했어요?)

나는 왜 한밤중에 숲에서 이런 짓을 하고 있는 걸까.

(너무 뛰어다녔더니 속이 안 좋아. 빨리 돌아가서 자고 싶다고…….)

(이 남자가 이제 와서 무슨 소리를 하는 거예요?! 잠깐만

요! 아까까지의 그 열정과 기세는 대체 어디 간 거예요?! 설마 술이 깬 건가요?! 이제 와서 맨 정신이 된 거예요?!)

메구밍은 내 어깨를 두 손으로 잡은 뒤 마구 흔들어댔다.

(어이, 진정해. 상대는 홍마족조차 버거워하는 거물이야. 우선 철저하게 준비를 한 다음에…….)

(거물인 건 알고 있어요! 내가 몇 번이나 경고했잖아요! 준비 같은 것도 애초에 했어야 할 거 아니에요! 저의 마음에 이렇게 불을 지펴놓고 그런 소리를 하는 거예요?! 정말 너무해요!)

메구밍이 흔들어대니 속이 뒤집어지네…….

(메구밍이야말로 내 마음에 불을 마구 지펴놓고 결국 아무것도 안 해주잖아. 내 입장에서 한 번 생각해보라고.)

(그 점은 사과드릴게요! 이렇게 괴로운 줄은 몰랐어요! 정말 죄송해요!)

우리의 시선은 폭살마인을 향하고 있었다.

정체불명의 시설에서 발견됐다는 저 로봇은 원래 홍마의 마을을 지키기 위해 만들어진 존재가 아닐까.

검은 머리카락과 검은 눈동자를 지닌 인간을 우선적으로 노리는 점이 이해가 안 되지만 일본에서 온 인간과 무슨 일이 있었던 걸지도 모른다.

하지만, 그런 건 아무래도 상관없다.

중요한 건 바로 이 로봇이 홍마족을 공격하지 않는다는

점이다.

즉, 메구밍이 당당히 혼자 나서서 폭렬마법을 날린다면 손쉽게 토벌할 수 있을 것이다.

(유심히 보니, 곳곳에 상처가 나 있네요. 제가 일전에 날린 폭렬마법을 맞고 대미지를 입은 걸까요?)

메구밍의 말을 듣고 유심히 보니 저 로봇의 몸 곳곳에는 금이 가 있었다.

치지지직 하는 소리를 내면서 파손된 부분이 조금씩 복구되는 것을 보면, 이 녀석한테는 자동 수복 기능이 탑재되어 있는 것 같았다.

폭렬마법으로도 한 방에 해치울 수 없고 상처를 입으면 도주해서 자신을 복구시키는 로봇이었다.

홍마의 마을 근처에 사는데도 지금까지 토벌되지 않은 것도 납득이 됐다.

(좋아. 그럼 빨리 해치우고 돌아가서 잠이나 자자. 작전을 알려줄게. 메구밍이 혼자서 모습을 드러낸 후, 주문을 영창해서 한 방 먹여준다. 이상이야.)

(그런 게 무슨 작전이에요! 그럼 카즈마는 그 동안 뭘······.)

메구밍이 그렇게 말한 바로 그때였다.

(우웨에에에에엑············.)

(······너무 뛰어다닌 바람에 숙취가 심한가 보네요. 여기서 얌전히 기다리고 있어요. 돌아갈 때는 잘 부탁해요!)

메구밍은 나무에 비료를 듬뿍 주고 있는 나한테서 고개를 돌리더니—.

(그럼 다녀올게요. 저의 멋진 모습을 똑똑히 봐두세요.)

메구밍은 그렇게 말하고 폭살마인에게 다가갔다.

"—폭살마인 모구닌닌. 그 칭호, 제가 넘겨받겠어요……."

미리 영창을 마친 후에 다짜고짜 마법을 날려서 결판을 내면 될 텐데, 메구밍은 또 자기소개를 시작했다.

일단 진지한 상황인데도 홍마족이 붙여준 이름 때문에 긴장된 분위기와는 거리가 멀었다.

"내 이름은 메구밍! 폭렬마법을 펼치는 자이자, 액셀 제일의 마법사!"

폭살마인은 홍마족을 공격하지 않는다.

그렇기에 마음껏 폼을 잡는 것이리라.

그 증거로, 메구밍은 아까부터 내 쪽을 계속 힐끔거렸다.

자신이 활약하는 모습을 나에게 보여주고 싶은 것이다.

"당신은 한때 홍마족의 수호자라 불렸지만, 관광객을 습격하는 걸 좌시할 수는 없어요. 숲 속 깊은 곳에서 조용히 살았다면 눈감아줬겠지만, 이렇게 모습을 드러낸 이상—"

—메구밍이 거기까지 말한 바로 그때였다.

방금까지 눈앞에 있던 폭살마인이…….

눈 깜짝할 사이에 모습을 감췄다.

숲 속에 정적이 감도는 가운데, 내 옆에 있는 나무 위에서―.

그 녀석이, 소리도 내지 않고 내려왔다.

"어? 잠깐만!"

"카, 카즈마?!"

지면으로 내려온 닌닌이 잠복 스킬을 쓴 나를 향해 쇄도하기 시작했다.

움직임이 너무 빨라!

이 녀석을 만든 사람은 일본인이 틀림없어!

완전 닌자거든! 이 녀석, 진짜 닌자라고!

"내 잠복을 간파하다니, 대단한걸! 하지만 유감스럽게도 말이야! 나는 로봇 상대로는 무적이라고! 『스틸』!!!!!"

상대가 기계라면 중요한 부품을 훔치면 된다!

내가 한손을 내밀자 닌닌이 내 움직임에 반응하며 재빨리 백 텀블링을 했다.

붉은 외눈에서 뿜어져 나오는 잔광을 남기고 모구닌닌은 어둠속에서 춤췄다.

이런 멋진 움직임을 본 나는, 어이없는 이름을 가진 저 녀석이 더욱 안 되었다는 생각이 들었다.

그리고 쑥 내민 내 손아귀에는—.

"카즈마, 지금은 장난이나 칠 때가 아니잖아요! 그렇게 속옷을 가지고 싶은 거라면, 나중에 깨끗하게 빤 걸 드릴게요!"

내 시야 안에 있던 메구밍의 검은색 팬티가 존재했다.

"아, 빨면 의미가……그게 아니라, 저 녀석이 너무 빨라서 이렇게 된 거라고! 젠장. 바인드로 묶어버리고 싶지만, 펜리르한테 와이어를 써버렸어……."

아, 맞다!

"그래, 팬티야! 메구밍, 네 브래지어도 줘! 그것과 팬티를 이어서 로프 대용으로……."

"아직 술이 덜 깬 건가요?! 그런 걸로 폭살마인의 움직임을 봉쇄할 수 있을 리 없잖아요! 아, 카즈마! 등 뒤를 조심해요!"

나는 반사적으로 몸을 날렸고 방금까지 내 목이 있던 곳에서 바람을 찢는 소리가 들렸다.

어느새 내 등 뒤로 이동한 닌닌이 손날로 내 목을 노린 것이다.

"젠장, 한밤중의 숲속이 닌자에게만 유리한 필드라고 생각하지 마! 밤은 백수가 가장 활발한 시간대라고. 너만 강해지는 게 아니란 말이야!"

내가 뒤를 돌아보니 이미 그 녀석은 모습을 감췄다.

이 녀석도 잠복 스킬을 지닌 걸까?

나 같은 은밀 타입을 적으로 만나니까 정말 성가셨다.

"폼 좀 잡아볼 생각인가 본데, 그다지 멋지지 않거든요?! 역시 술기운이 달아나기 시작했나 보네요! 아까처럼 멋들어지지 않아요!"

"시, 시끄러워! 너는 영창이나 해둬! 그리고 재도전할 기회를 달라고! 내 이름은 사토 카즈마. 어둠을 내다보고 그림자 속에 숨으며, 수많은 재보를 훔쳐 세간을 떠들썩하게 했던 남자다!"

"아까보다 낫기는 한데, 손에 쥔 물건 때문에 영 별로예요!"

메구밍의 태클을 들으면서 적 탐지 스킬의 정밀도를 최대한 끌어올리자―.

"거기냐아아아아아아아아아!"

"윽?!"

내 등 뒤에 나타난 닌닌은 나를 향해 휘두르던 손을 멈췄다.

칼을 지니지 못한 내가 닌닌의 공격을 막는데 이용한 것은―.

"저질이에요! 카즈마가 오늘 멋진지, 꼴사나운지 분간이 안 된다고요!"

"시끄러워! 나도 지금 필사적이라고! 이용할 수 있는 건 전부 이용해야 한단 말이야!"

맨손 칼날 잡기가 아니라, 홍마족 팬티 가드가 먹혔다.

홍마족에게 해를 끼치지 못한다는 제한은 소유물에도 적용되는 것 같았다.

내가 치켜든 검은색 팬티를 보고 움직임을 멈췄던 닌닌은—.

"꾸엑?!"

금속으로 된 손발로 물 흐르는 듯한 연속 공격을 펼치더니 내 복부를 손바닥과 발로 가격했다.

"카즈마?! 역시 닌닌은 버거운 상대예요! 움직임이 너무 빨라서 조준을 할 수 없는 데다, 카즈마한테서 떨어지지를 않으니 공격 자체를 할 수 없어요!"

나는 시큼털털한 것을 토해서 닌닌을 위협하며 그 말을 들었다.

로봇이라 산성 공격을 싫어하는 건지 닌닌은 나와 약간 거리를 벌렸다.

"꽤, 꽤 하잖아. 설마 밤 시간대의 나를, 우웨에에에엑."

"이제 쓸데없는 소리 좀 하지 말아요!"

걱정하지 마. 이 정도 공격은 나한테 안 통해…….

나는 어디까지나 술에 취한 채 뛰어다닌 바람에 토하는 거라고……!

"미안한테, 역시 제대로 통했어. 더는 무리야……. 메구밍, 나는 한동안 움직일 수 없을 것 같으니까, 마법을 쓰지 말고 마을로 도망쳐……. 너는 공격하지 않을 테니까, 아쿠아를 깨워서 홍마족을……."

"이 상황에서 어떻게 저 혼자만 도망치느냔 말이에요! 저는 그렇게 말 잘 듣는 애가 아니에요!"

메구밍은 이제야 늦깎이 반항기라도 맞이한 건지 그런 억지를 부리고 지팡이를 치켜들었다.

내가 가슴을 움켜쥔 채 몸을 웅크리자 닌닌이 쇄도했다.

이윽고 닌닌이 나를 향해 한손을 내미는 자세를 취한 순간—

메구밍이 지팡이를 내던지면서 온몸으로 나를 감싸듯 꼭 부둥켜안았다.

"아쿠아도 그렇고, 너도 그렇고, 왜 사람 말을 안 듣는 거냐고! 그리고 마법사가 지팡이를 내팽개치면 어떻게 해!"

"저건 닌닌이 고유의 특수한 폭발마법을 쓸 때 취하는 자세예요! 약해빠진 카즈마가 저걸 맞는다면, 시체도 남지 않을 거라고요!"

아, 그렇구나.

이 녀석이 홍마족을 공격하지 않는다는 특성을 살려서 나를 지켜주려는 건가.

……바로 그때였다.

닌닌이 붉은색 외눈으로 나를 쳐다보고 입을 열었다.

《타입, 치트 하렘 계열 리얼충 일본인을 확인. 개조 피험체 홍마족 개체가 떨어지는 즉시, 폭살 처리를 실행하겠습니다.》

"방금 흘려들을 수 없는 소리를 지껄였지?! 치트 하렘? 치트 하렘이라고 했냐?! 네 제작자는 치트를 가진 하렘 자식을 말살하려고 너를 만든 거냐고! 그럼 나를 노리면 안 되잖아, 이 자식아!"

"뭐가 카즈마의 역린을 건드린 건지는 모르겠지만, 제발 좀 가만히 있어요!"

나는 불같이 화를 내며 버둥거렸고 메구밍은 자신의 조그마한 몸으로 나를 필사적으로 감쌌다.

나는 메구밍의 체온을 느끼면서 이 교착상태를 어떻게 타파할지 생각했다.

솔직히 말해 가슴 쪽이 아팠다.

아무래도 뼈에 금이 간 것 같았다.

그렇다. 갈비뼈 몇 대가 나간 상태인 것이다.

하지만 왜 이 녀석은 폭살 처리에 집착하는 걸까.

홍마족에게 해를 끼치지 못하더라도, 나를 감싸고 있는 메구밍을 떼어내고 내 숨통을 끊으면 될 텐데…….

"메구밍, 저 녀석은 왜 가만히 있는 거야? 지금 바로 달려들어서 나를 공격하면, 간단히 해치울 수 있잖아?"

"폭살마인은 폭살을 하기 때문에 폭살마인이라고 불리는 거예요. 검은 머리, 검은 눈동자에 여자 동료를 많이 거느린 남자를 보면 『폭발해라!』라고 말하면서 살육을 자행하는 무시무시한 몬스터……."

"그냥 리얼충 사냥을 하는 멍청이 같네! 메구밍, 나를 지켜줘! 저 녀석에게 마구 스틸을 써서 중요 부품을 다 뽑아버리겠어!"

"그건 괜찮지만, 실수로 저한테 쓰지는 마세요! 팬티를 안 입었으니까, 이제 돌이킬 수 없는 일이 벌어질 거예요! 만약 로브가 벗겨진다면, 하반신이 훤히 드러난단 말이에요!"

"그렇게 되면 내가 책임질게! 간다! 우랴아아아아아, 『스틸』, 『스틸』, 『스틸』, 『스틸』―!!!!!"

닌닌은 내 목소리에 반응하고 그대로 모습을 감췄다.

하지만 내 오른손에는 무언가가 쥐어져 있었고……!

"해냈나?!"

"해내긴 뭘 해내요! 브래지어 돌려주세요! 그리고 스틸을 한 번만 더 당했다면, 진짜로 참사가 벌어졌을 거예요!"

내 오른손에는 검은색 브래지어와 부품 같은 게 쥐어져 있었다.

등을 통해 느껴지는 감촉이 아주 약간 부드러워진 가운데, 우직 하는 소리가 들렸다.

닌닌의 몸 일부를 훔치는데 성공한 것 같았다.

떨어진 곳에 있는 나무들 사이로 지면에 한쪽 무릎을 꿇은 채 우리를 쳐다보고 있는 폭살마인의 모습이 눈에 들어왔다.

"저 녀석, 아직도 움직일 수 있는 거야? 으윽, 배와 가슴이 너무 아파……. 이 상태로 마을까지 메구밍을 업고 돌아갈 수 있으려나……."

내가 우는 소리를 하고 있을 때 메구밍이 지팡이를 주워 들고 영창을 시작했다.

그에 맞춰 폭살마인이 도망치려는 듯 발을 질질 끌며 이동했다.

"이 마을은 진짜 어떻게 되어먹은 거야. 이제 두 번 다시 안 올 거야. 어이, 메구밍. 나한테서 떨어지지 마. 너와 거리를 뒀다간 내가 폭살 당하고 만다고."

내가 메구밍의 등에 딱 달라붙자 영창을 마친 그녀는 한숨을 내쉬고 이렇게 말했다.

"아까까지는 그렇게 멋있었으면서, 지금은 여자애를 방패 삼는 건가요……. 정말, 왜 저는 이런 남자를 좋아하게 된 걸까요……."

자신의 등에 붙어있는 나를 향해, 딱히 싫지는 않은 투로 그렇게 말한 후…….

메구밍은 폭살마인에게 천천히 말을 건넸다.

"당신의 힘은 원래 이 정도가 아닐 텐데, 대체 어떻게 된 거죠? 저의 폭렬마법에 대미지를 입었다고 해도, 움직임이 너무 난잡하군요."

나를 이 꼴로 만든 저 녀석이 원래 성능을 발휘하지 못하고 있다는 거야? 말도 안 돼.

"……폭발을 사랑하는 동지로서 당신을 싫어하지 않아요. 하지만 제 동료를 표적으로 삼은 당신을 방치해둘 수는 없죠……."

지팡이를 거머쥔 메구밍은 지금까지 홍마의 마을을 수호해온 닌닌을 쳐다보고 쓴웃음을 지었다.

그런 메구밍의 말에 반응한 것처럼…….

발을 질질 끌고 있던 닌닌이 외눈을 깜빡이며 움직임을 멈췄다.

《홍마족의 최대 마력을 감지. 예상된 마력을 뛰어넘은 개체가 출현했으므로, 개조 계획은 성공한 것으로 판단. 이것을 최종 데이터로서 노이즈 왕국 본부에 송신하겠습니다. 본부, 응답하라. 본 계획은 성공. 마스터에게 이 성과를…….》

매우 신경 쓰이는 말을 늘어놓던 홍마의 수호자는—.

"『익스플로전』——!!!!!!"

자신과 같은 색깔의 눈동자를 지닌, 홍마족 제일의 낙오자 마법사에 의해······.

지금은 존재하지 않는 노이즈 왕국과, 제작자의 곁으로
보내졌다.

4

"정말 놀랐어. 저기, 메구밍. 너 때문에 진짜 놀랐다고."

"백수 주제에 되게 말이 많네요. 차기 족장이 정해진 걸
축하하는 의미에서 축포를 쏜 거니까, 오히려 고마워해줬으
면 좋겠네요."

이곳은 어느새 익숙해져버린 홍마족 자경단의 대기소였다.

"백수 소리 좀 작작하라고! 나는 백수가 아니라 자경단이
야! 착각하지 말라고! 그것보다······."

감옥에 갇혀 있는 메구밍에게 설교를 하던 붓코로리는─.

"설마 보호자인 너까지 이런 일에 가담할 줄은 몰랐어. 왠
지 친근감이 느껴져서 친구가 될 수 있을 줄 알았는데, 정
말 유감이야."

메구밍과 한 감옥에 갇혀 있는 나를 쓸쓸한 시선으로 쳐
다보았다.

"붓코로리 씨, 미안한데 말이죠. 나는 당신과 친해질 생각
이 없어요······. 사과 삼아서 시간 때우기 좋은 놀이를 가르
쳐줄게요. 프리즈로 얼음을 만든 다음, 그게 녹는 걸 하루

종일 멍하니 쳐다봐요. 그러다 보면 어느새 하루가 훌쩍 지나갈 거예요."

"그거 괜찮네. 매일 한가해서 죽을 지경이거든. 꼭 해볼게."

"둘 다 서로에게 끌리지 말아줄래요?! 이래서 백수는 문제라니까요! 시간을 좀 더 유익하게 쓰라고요!"

백수끼리 유익한 담화를 나누고 있을 때 메구밍에게 방해를 받았다.

붓코로리는 그런 메구밍을 향해 고개를 돌렸다.

"……하아, 라이벌이 앞서나가서 분한 건 알지만……. 아무리 그래도 이런 경사스러운 날에 폭렬마법을 쓰는 건 너무하잖아."

그리고 감옥 안에 있는 메구밍을 연민에 찬 눈길로 쳐다보고 한숨을 내쉬었다.

폭살마인을 해치운 메구밍은 그 사실을 누구에게도 알리지 않았다.

어젯밤의 폭렬마법도 융융이 차기 족장이 된 걸 보고 기분이 나빠져서 쓴 거라고 둘러댔다.

마을 사람들에게 진실을 알린다면 낙오자 엉터리 마법사라는 악명을 불식시킬 수 있을 테지만—.

"이렇게 설교를 계속 해댈 거라면, 저한테도 생각이 있어요. 당신이 마음에 품고 있는 소켓토를 찾아가서, 붓코로리가 벌을 준답시고 저한테 성희롱을 했다고 말할 거예요."

"절대 안 돼! 안 그래도 요즘 소켓토가 좀 이상하단 말이야. 점을 쳐주겠다며 나를 부르더니, 수정 앞에서 고개만 몇 번이나 갸웃거리고 쫓아냈어. 얼마 전에는 마을 주위를 순찰하고 있는데, 대련 상대가 되어주겠다면서 느닷없이 나한테 덤벼들기도 했다고."

붓코로리가 울상을 짓고 그렇게 하소연을 하고 있을 때, 손님이 자경단 대기소를 찾아왔다.

그 사람은 바로—

"어이쿠, 차기 족장님 아니십니까. 혹시 저를 비웃으러 온 건가요? 감옥에 갇혀 있는 이 못난 저를 얼마든지 비웃으시죠!"

"아하하하하하하하! 메구밍이 감옥에 갇혀 있네!"

"진짜로 비웃다니, 너무하네요! 좋아요, 이번에야말로 결판을 내주죠! 붓코로리, 빨리 감옥 문을 열어요! 안 그러면 확 폭렬마법을 쓸 거예요!"

의기양양하게 메구밍을 손가락질하며 웃던 융융은 곧 땅이 꺼져라 한숨을 내쉬었다.

"하아……. 정말, 무슨 짓을 하고 다니는 거야……? 저기, 붓코로리 씨……. 이곳은 제가 지키고 있을게요. 그리고 메구밍과 이야기 좀 나눠도 될까요?"

"좋아. 이래 봬도 나는 할 일이 꽤 많거든."

"순찰이라는 명목으로 소켓토를 스토킹하거나, 마을 주변을 경계한답시고 산책을 하려는 거죠?"

"시끄러워! 마을 주변의 경계는 의외로 중요한 일이라고! 요즘 들어 마왕군이 이상한 짓거리만 한단 말이야. 얼마 전에도 마을 근처에서 눈이 빨간 좀비와 골렘이 어슬렁거렸어⋯⋯."

붓코로리는 그렇게 말한 뒤 융융에게 열쇠를 넘겨주고 대기소 밖으로 나갔다.

융융은 주위에 다른 자경단 멤버가 없다는 것을 확인한 후, 우리가 갇혀 있는 감옥 쪽으로 걸어왔다.

"⋯⋯그런데, 어젯밤에는 무슨 일이 있었던 거야?"

"당신에게 추월을 당한 바람에 열불이 나지 뭐예요. 그래서 화풀이 삼아 폭렬마법을 썼어요."

감옥 안에 갇힌 메구밍이 그렇게 말하자 융융은 몸을 웅크리고 철창을 향해 얼굴을 내밀었다.

"흐음."

"반응이 밋밋하네요. 뭔가 할 말이 있으면 어디 해보실까."

메구밍은 그렇게 물었고 융융은 약간 언짢은 듯하면서도 조금 기쁜 표정을 지으며 입을 열었다.

"딱히 없어. 그냥 메구밍과 오랫동안 어울리다 보니 눈치 챈 게 있거든. 너는 홍마족 중에서도 특수한 건지, 거짓말을 할 때 눈이 파란색으로 변해. 알고 있었어?"

"정말인가요?! 잠깐만요! 그런 말, 처음 듣거든요?! 저는 홍마족 중에서도 특별한, 그야말로 선택받은 자인 건가요?!"

메구밍이 손을 꼼지락거리면서 시끌벅적하게 떠들고 있을 때 융융이 감옥의 문을 열고 안으로 들어왔다.

"메구밍, 평소에는 똑똑하지만 때때로 바보가 되는 것 좀 어떻게 해."

"다른 사람도 아니고 왜 융융한테 바보 소리를……. 함정이군요! 저를 속인 거군요! 카즈마, 제 눈을 봐주세요!"

"어, 왜 그래? 뭐, 보라면 얼마든지 봐주겠지만 말이야."

융융은 우리의 대화를 듣고 있었다.

"카즈마, 홍마족의 몸에는 바코드라 불리는 세로 줄무늬 모양의 멍이 있어요. 참고로 융융은 허벅지 안쪽 깊숙한 곳에 그 멍이 있죠. ……어때요? 제 눈은 빨간색인가요? 파란색인가요?"

"너 갑자기 무슨 소리를 하는 거야~?! 이럴 때는 거짓말을 해서 확인을 해봐야 하는 거 아냐?!"

"평소와 마찬가지로 빨간색이네. 즉, 진실인 거구나."

복수를 당한 융융은 새빨개진 얼굴을 두 손으로 가렸다.

말다툼이나 선동으로는 융융보다 메구밍이 더 뛰어난 것 같았다.

"이제 화가 좀 풀리기는 했는데, 이런데서 뭘 하고 있는 거죠? 설마 겨우 하룻밤 만에 마을 사람들에게 버림받고 다시 외톨이가 된 건가요?"

"무슨 소리를 하는 거야?! 아, 아마, 아직 괜찮……을 거라고, 생각하는데……. 아, 그런 게 아니라……!"

융융은 메구밍의 옆으로 이동하더니 바닥에 앉아 무릎을 끌어안았다.

그리고 융융은 메구밍의 얼굴을 쳐다보지도 않고—.

"모험가 카드, 보여줘."

퉁명한 목소리로 그렇게 말한 뒤 한손을 쑥 내밀었다.

"싫어요. 왜 라이벌에게 카드를 보여줘야 하는 거죠? 그리고 아무리 외톨이라도 정도라는 게 있거든요? 쓸쓸하다고 제가 있는 감옥 안까지 들어오는 건 좀 그렇지 않나요?"

"아니거든?! 그런 짓을 할 정도로 갈 데까지 가지는 않았어! 토벌 몬스터 란만 보여줘도 돼. 찔리는 구석이 없으면 보여줄 수 있잖아?"

융융은 어릴 적부터 함께 지낸 메구밍에 대해 잘 알고 있었다.

아무래도 어젯밤에 무슨 일이 있었는지 얼추 눈치를 챈 것 같았다.

"딱히 찔리는 구석은 없지만, 안 보여줄 거예요. 붓코로리가 소중히 기르던 파오리를, 경험치 벌려고 사냥한 적은 없다고요."

"방금 엄청난 문제 발언을 입에 담지 않았어?! 저기, 진짜로 사냥했어?! 요즘 들어 소켓토 씨와의 관계가 서먹해진 붓코로리 씨가 마음의 의지처 삼아 기르던 파오리를 사냥한 거야?!"

그러고 보니 이 녀석은 이 마을에 온 후로 레벨이 올랐다면서 기뻐했지.

"아아, 정말! 그런 건 아무래도 상관없으니까, 빨리 카드나 보여줘! 저기, 실은 폭살마인이 존재한 거지? 그리고 카즈마 씨와 함께 폭살마인을 사냥한 거잖아?!"

"뚱딴지같은 소리를 하는군요. 그런 걸 왜 사냥하느냔 말이에요! 그 녀석이 홍마족을 공격하지 않는다는 건 당신도 알잖아요? 만약 닌닌을 사냥할 거라면, 안전을 위해서라도 홍마족 파트너를 데리고 갔을 거예요."

메구밍이 시치미를 떼면서 그렇게 말했지만 융융은 여전히 미심쩍은 눈길로 쳐다보았다.

"너, 매일같이 폭살마인이 있다며 난리법석을 떨지 않았어?"

"매일같이 폭렬마법을 써서 난리법석을 일으킨 사람이 바로 저니까요."

메구밍이 끝까지 시치미를 떼자 융융은 한숨을 내쉬었다.

"……세 가지 시련을 통과해서 먼저 차기 족장 자격을 얻은 건 나니까, 졌다고는 절대 생각 안 해."

"무슨 소리를 하는 건지 모르겠군요. 저는 낙오자 홍마족이라 불리는 애니까, 애초부터 당신의 상대가 못 되거든요? 아무튼, 잘 됐네요. 이제 홍마의 마을에서 거드름을 피우며 지내면 되겠군요."

일전에 실비아를 격퇴했을 때 융융은 이미 홍마족들에게 인정을 받았다. 그리고 이번 일을 통해 주가가 더 올랐으며 완전히 외톨이에서 벗어난 것 같았다.

그러니 마을에 남는다면 분명 행복한 인생을 살 수 있으리라.

"…………메구밍은 액셀 마을로 돌아갈 거지?"

"당연하죠. 저는 액셀 제일의 마법사니까요. 제가 없으면 그 마을 사람들이 여러모로 곤란할 거예요."

"너, 아까 낙오자 홍마족이라고 자칭한 녀석 답지 않게 자기 자신을 엄청 높게 평가하네."

내가 무심코 태클을 날렸지만 메구밍은 못 들은 척했다.

"융융은 이제부터 차기 족장으로서 이 마을을 운영하는 법을 배울 거죠? 그럼 이제 작별해야겠군요."

……그렇다. 융융이 메구밍에게 계속 도전했던 것은 홍마족 제일이라는 칭호를 얻어서 차기 족장이 되기 위해서였다.

정식으로 그 자리를 손에 넣었으니 융융은 액셀로 돌아갈 이유가 없었다.

"…………이걸로 이겼다고 생각하지 마."

"…………무슨 소리를 하는 건지 정말 모르겠네요. 이긴 사람은 바로 당신이잖아요."

고집쟁이인 두 사람은 한사코 서로에게 승리를 양보했다.

매사에 있어 기가 센 메구밍과, 기가 약한 융융.

역경에 처하면 약해지는 메구밍과, 위기 상황에서 굳센 결의를 다지는 융융.

태어난 환경과 성격, 그리고 체형까지…….

모든 것이 정반대인 이 두 사람이 라이벌 사이인 것은 어찌 보면 당연할지도 모른다.

내가 그런 생각을 하면서 무심코 쓴웃음을 지었을 때였다.

"외톨이에, 파티 멤버는 고사하고 애인도 없는 융융에게, 마지막에는 승리를 양보해줘도 되지 않겠어요?"

메구밍은 그렇게 말한 뒤 내 어깨에 자신의 머리를 얹었다.

"……저기, 나한테 애인이 생길 때까지 계속 카즈마 씨를 언급하며 으스댈 생각이야? 애인이 있는 사람이 꼭 잘난 건 아니지 않아?"

"그것도 그렇군요. 그럼 제가 진 걸로 하죠. 저는 이 사람과 소소한 행복을 쌓아나갈 테니, 융융은 고고한 마법사의 길을 걸으세요. 족장은 해야 할 일도 많다니까, 노처녀가 안 되기를 빌어줄게요."

메구밍은 순수한 미소를 짓고 그렇게 말하더니 잘난 척을 하듯 나와 팔짱을 꼈다.

"그건 옛날에 메구밍이 추구하던 거 아냐?! 내가 사랑 이야기 같은 걸 할 때마다, 발랑 까졌다 같은 소리를 하지 않앉어?!"

아까까지 달관한 분위기를 풍기던 융융이 금방이라도 울음을 터뜨릴 것 같은 표정을 지었다.

"카즈마, 무릎베개라도 해줄까요? 저 때문에 감옥에 갇히게 됐잖아요. 정말 미안해요. 하다못해 딱딱한 바닥이 아니라 제 무릎을 베고 쉬세요."

"응. 그렇게."

"저기, 너무 자연스럽게 무릎베개를 해주는 거 아냐? 두 사람은 평소에 그렇게 자연스럽게 애정 행각을 벌이지는 않았잖아?!"

내가 서슴없이 메구밍의 무릎을 베자 융융은 무심코 벌떡 일어섰다.

"승자 융융, 왜 그러죠? 그리고 모처럼 단둘만의 시간을 가지고 있으니까, 방해하지 말아줄래요? 자, 차기 족장인 당신을 따르는 사람도 많잖아요? 그 사람들과 어울리러 가세요."

"휴우, 허벅지가 참 부드럽네. 어제 한 고생을 보답 받는 느낌이야."

"메구밍, 너 얼굴이 빨개졌거든?! 평소에는 이런 짓 안 하지?! 카즈마 씨의 성희롱을 참고 있는 거지?!"

내가 허벅지를 쓰다듬었지만 메구밍은 융융 앞이라 그런지 화를 내지 않았다.

"이 정도는 평소에도 하거든요? ……카, 카즈마. 무릎베개는 무릎에 뒤통수를 맡기는 거지, 무릎에 얼굴을 묻는 게 아니라고 생각하는데요……. 아, 딱히 부끄러운 건 아니고, 카즈마가 숨쉬기 힘들 것 같아서……!"

"괘안아."

"그런가요! 그렇군요! 뭐, 무릎베개란 건 원래 이런 거니까요!"

"메구밍, 지금 참고 있는 거지?! 카즈마 씨도 적당히 좀 하세요!"

5

융융이 부모님을 만나고 오겠다며 감옥을 나가고 얼마 지난 후…….

무사히 감옥에서 나온 우리는—

"카즈마는 정말 문제야! 메구밍도 정말 문제야!! 둘 다 사고를 안 치면 직성이 안 풀리는 건가요~? 이번에는 전혀 문제도 안 일으키고 품행방정하게 지낸 나를 좀 본받으란 말이야!"

"아쿠아의 말이 맞다, 카즈마. 메구밍은 이미 손쓰기엔 늦었지만, 네가 말렸어야 할 것 아니냐."

불합리하게도 어젯밤에 술에 취해 골아 떨어졌던 두 사람에게 설교를 들었다.

"너희 둘, 헛소리 하지 마. 재수 좋게 사고 좀 안 쳤다고 으스대기는! 나와 메구밍은 말이야! 너희가 술에 취해서 뻗은 동안, 단둘이서 한밤중에 운동회를 했다고!"

"좀 생각이라는 걸 하면서 말을 해요! 실은 몬스터한테 쫓기면서 도망 다녔을 뿐이라고요!"

메구밍이 필사적으로 변명을 했지만…….

"너희 둘 다 잘 들어. 나는 어젯밤에 대활약을 했어. 일격곰을 가지고 놀았을 뿐만 아니라, 펜리르라는 흉악한 몬스터를 시종일관 압도한 끝에 그냥 놔줬단 말이야. 어이, 메구밍. 내 말 맞지?"

"…………아니, 거짓말은 아니지만……."

메구밍은 그렇게 말했고 다크니스는 미심쩍은 눈길로 우리를 쳐다보았다.

"일격곰은 그렇다 쳐도, 펜리르는 천재지변 레벨의 흉악한 몬스터다. 그런 녀석이 마을 근처에 나타났다는 거냐?"

그러고 보니 폭살마인도 그렇고, 펜리르도 그렇고, 원래는 깊은 숲 속에서 산다고 들었다.

"아하. 이건 마왕군 짓이 틀림없어. 몬스터를 조종하는 간부가 세상을 혼란에 빠뜨리려고 그런 짓을 벌인 거야. 틀림없어. 여신의 감이니까 믿어도 돼."

아쿠아가 뜬금없이 그런 소리를 늘어놓았지만 약체화된 닌닌도 그렇고 여러모로 수수께끼가 깊어져만 갔다.

하지만 우리가 할 일은 이미 끝났다.

이제 융융의 텔레포트로 액셀에 돌아가기만 하면 된다.

"그러고 보니 메구밍은 마을 사람들과 인사를 나누지 않아도 되느냐? 텔레포트를 쓸 수 있는 융융이 이 마을에 남는다면, 이제 귀성이 힘들어질 텐데 말이다."

다크니스가 그렇게 말하자 메구밍은 코웃음을 쳤다.

"이 홍마족 제일의 천재를 낙오자 엉터리 마도사니, 폭렬마니 하고 부르는 사람들과 인사를 나눌 생각은 없어요. 마왕을 쓰러뜨린 후, 당당히 이 마을에 돌아와서 다들 제 앞에서 넙죽 엎드리게 만들어줄 거예요."

"폭렬마는 맞는 말 아냐?"

그리고, 마왕을 쓰러뜨리러 가지는 않을 거라고······.

······아, 맞다.

"어이, 아쿠아. 너, 안락 소녀 모종은 어떻게 했어? 나도 모르는 사이에 화분째 없어졌잖아."

"물론 심어줬어."

아쿠아는 태연한 어조로 그렇게 말했지만 그럴 짬은 없었던 것 같은데······.

"어젯밤에 숲을 그렇게 싸돌아다닌 내가 할 말은 아니지만, 네가 혼자서 저 위험한 숲에 안락 소녀를 심으러 간 거야?"

"무슨 소리를 하는 거야? 그런 게 가능할 리 없잖아? 그냥 메구밍네 앞뜰에 심었어."

"그런 짓을 하면 어떻게 해요!"

메구밍은 무심코 그렇게 외쳤다. 진짜 이 녀석은 자기가 무슨 짓을 한 건지 아는 걸까.

"뭐, 내 말 좀 들어봐. 코멧코가 말이지? 안락 소녀가 다 클 때까지 소중히 기르겠다고 말했어. 그 애는 똑똑하니까 잘 길러줄 거야. 홍마의 마을에는 코멧코와 같은 또래의 애가 없다니까, 좋은 친구가 되어줄 것 같지 않아?"

"아마 그 애는 안락 소녀를 다 키운 후에 잡아먹을 속셈이에요."

"메구밍의 가족들은 하나같이 문제네. 빨리 가서 캐올게."

나는 메구밍의 집을 향해 뛰어가려 하는 아쿠아를 허둥지둥 말렸다.

"방금 그 말은 메구밍의 농담이야. 자, 융융이 올 때가 된 것 같으니까, 다 같이 기다리자고."

"……그래. 농담이지? 메구밍은 정말 못 말린다니깐! 그렇게 나를 놀리는 게 재미있어? 액셀에 돌아가면, 메구밍이 중증 시스콤이라는 걸 확 퍼뜨려버릴 거야. ……저기, 메구밍. 아까 그 말, 농담 맞지? 왜 아무 말 없이 내 시선을 피하는 거야?"

아쿠아가 메구밍의 어깨를 잡고 마구 흔들던 바로 그때였다.

"메구밍!"

아무래도 여기까지 전력을 다해 뛰어온 것 같았다.

우리 앞에 나타난 융융은 거친 숨을 내쉬면서 미소를 지었다.

"융융, 왜 그렇게 헐레벌떡 뛰어온 거죠? 이 마을에 친구가 생겨서 들뜬 건 이해하지만, 그렇게 난리법석을 떨면 사람들이 질색할 거예요."

"그런 게 아냐! 그리고 그런 이야기는 좀 일찍 말해주면 덧나기라도 하는 거야?! 어제 오늘 엄청 난리법석을 떨었단 말이야!"

융융은 숨을 고르더니 헛기침을 몇 번 한 후에 입을 열었다.

"나도, 액셀에 돌아갈래!"

감정이 격해진 건지 눈동자가 진홍색으로 빛나고 있는 융융이 선언을 하듯 말했다.

"마왕은 내가 쓰러뜨리고 말겠어! 이렇게 승리를 양보 받는 게 아니라……. 마왕을 해치운다고 하는 최고의 공적을 세운 후에, 당당히 족장이 될 거야! 이미 아빠와 마을 사람들 앞에서 선언도 하고 왔어!"

메구밍의 라이벌이자, 툭하면 다투는 사이이며, 또한 최고의 절친인 융융은 밝은 목소리로 그렇게 말하고 환한 미소를 입가에 머금었다.

"·········그런가요. 겨우 리얼충이 되었는데, 다시 외톨이가 되지 않기를 빌어줄게요. ······뭐, 마왕은 제가 쓰러뜨릴 거지만 말이에요."

메구밍은 고개를 돌리더니 흥미가 없다는 말투로 그렇게 말했다.

하지만 이 녀석이 융융 앞에서는 츤데레처럼 행동한다는 것을 나는 알고 있다.

차분한 척 하면서도 기쁨을 감출 수가 없는지 메구밍의 귀가 꿈틀거렸다.

"메구밍은 솔직하지 못하네. 눈이 빨개졌잖아."

홍마족은 격앙된 감정이 눈동자에 나타난다.

"아쿠아는 여전히 분위기 파악을 못하는군요! 좋아요! 저희 집 앞뜰에 심어둔 안락 소녀를 지금 제가 가서 확 뽑아 버리겠어요!"

메구밍은 자신을 막기 위해 허리를 잡고 매달린 아쿠아를 질질 끌면서, 부끄러움을 숨기려는 듯 빠른 어조로 말을 이었다.

"자, 융융. 액셀에 돌아갈 거면 빨리 준비해주세요! 당신은 모르는 것 같으니 말해주는 건데, 그 마을 모험가들은 당신에게 꽤 기대고 있죠. 아무 모험가나 잡고 파티에 넣어 달라고 하면, 바로 오케이할 거예요!"

"정말이야?! 저기, 그렇게 중요한 걸 왜 지금까지 가르쳐주지 않은 거야?!"

"만약 액셀에 친구가 잔뜩 생기면, 그 마을에 애착이 생긴 나머지 족장이 되는 걸 포기할 거잖아요?!"

"당연하잖아!"

융융이 딱 잘라서 그렇게 말했다.

"좀 망설이는 게 어때요?! 정말, 빨리 저희 마을로 돌아가죠!"

"아, 알았으니까 재촉하지 마! ……그런데, 아까 그 말은 진짜야? 저기, 액셀 마을의 모험가들이 나한테 기대고 있다는 게……."

"뜻밖에도 말이죠. 그거 가지고 으스대면 다시 외톨이로 되돌아가게 될 거예요."

메구밍이 귀찮다는 어조로 그렇게 말하자 융융의 입가가 히죽거렸다.

"아아……. 메구밍한테 이겼을 뿐만 아니라, 마을 사람들에게 인정도 받았네……. 마치 꿈만 같아……."

"착각하지 말아줄래요?! 당신이 액셀에 돌아간다는데, 제가 왜 승리를 양보하느냔 말이에요!"

"이제 와서 그런 소리 하지 말아줄래?! 족장 시련을 클리어 했으니까, 내가 이겼거든?! 이제 그만 패배를 인정해!"

아까까지와는 성격이 정반대가 된 것 같지만, 어쩌면 이 두 사람은 전혀 닮지 않은 것 같으면서도 의외로 닮은 구석이 많은 걸지도 모른다.

애들처럼 말다툼을 시작한 그 두 사람은 거리를 벌리면서 대치하더니—.

"그럼 승부를 하자, 메구밍! 이번에야말로 내가 이겼다는 걸 인정하게 만들어주겠어!"

융융은 허리에 차고 있던 지팡이를 뽑아들고 그렇게 말했다.

그러자 메구밍은 모험가 카드를 꺼내든 후—.

"어이쿠, 제 카드가 이런 곳에 있었군요. 아까 그렇게 보고 싶어 했던 토벌란을 보여드리죠. 자, 여기에 떡하니 폭살 마인이라고……."

"너, 태세 전환이 너무 빠른 거 아냐아아아아아아아앗?!"

융융의 고함 소리가 이 마을의 광장 전체에 울려 퍼졌다—.

1

　액셀 마을에 돌아온 우리는 융융과 헤어진 후 저택이 아니라 모험가 길드로 향했다.

　"내가 없는 사이에 모구닌닌을 쓰러뜨렸구나. 하지만 우리는 파티니까, 설령 퍼질러 자고 있었어도 상금은 나눠가질 거지?"

　아쿠아는 약간 들뜬 목소리로 그렇게 말했다.

　이 녀석은 자기가 아까 나와 메구밍에게 설교했던 것을 까맣게 잊은 것 같았다.

　"뭐, 뭐어, 진짜로 한밤중에 운동회를 한 줄은 꿈에도 몰랐다. 미안하다, 카즈마, 메구밍. 맞다, 아쿠아! 오늘은 고급 식재료를 사서, 이 두 사람의 활약을 축하하는 파티를 여는 게 어떻겠느냐?"

　"괜찮은 생각이네. 아니, 정말 멋진 아이디어 같아. 고지식한 다크니스답지 않은 끝내주는 생각이네!"

　다크니스는 아쿠아한테서 고지식하다는 말을 들었지만,

나와 메구밍에게 미안한 마음을 품고 있는 건지 붉으락푸르락하면서도 억지로 미소를 지었다.

"어이, 메구밍. 저 두 사람은 저렇게 말하는데, 어떻게 할까? 고급 식재료는 대체 누가 번 상금으로 사는 건지 알기는 하나 모르겠네."

"맞는 말이에요! 저와 오랫동안 함께 해왔던 두 사람이라면, 제가 한때의 폭렬 욕구를 충족시키기 위해 민폐 짓을 할 리가 없다는 건 잘 알고 있잖아요!"

"""하고도 남아."""

"카즈마는 대체 누구 편이죠?!"

나는 흥분한 메구밍을 내버려두고 접수처로 향했다.

"여어, 누님. 거물 전문 사냥꾼인 이 사토 카즈마 님이 왔다고."

"아, 사토 씨! 오늘은 무슨 일이시죠?"

나는 메구밍에게서 넘겨받은 모험가 카드를 보여주며 말을 이었다.

"누님, 또 사고를 쳐버렸어. 하아……. 내가 지금 페이스로 거물들을 사냥하다보면, 이 세상의 현상범들은 순식간에 씨가 마를 것 같네. 그럼 동업자들이 다 굶어죽을 거야. 하하하!"

"아, 아하하하……. 폭살마인 모구닌닌을 해치웠군요. 축하드려요. 그럼 금방 상금을 가지고 올게요!"

요즘 들어 길드 직원들은 우리가 거물 현상범을 해치워도 놀라지 않는 것 같았다.

하지만 나는 그 반응을 보고 실망하지는 않았다.

왜냐하면—.

"저기……. 당신이 사토 카즈마 님인가요……?"

마치 내 마음을 읽기라도 한 것처럼 느닷없이 목소리가 들려왔다.

목소리가 들린 곳을 향해 고개를 돌려보니, 차분하고 어른스러운 분위기와 인상적인 눈물점을 지닌 아름다운 여성이 눈에 들어왔다.

다크니스만큼은 아니지만 남자들이 선호할 정도로 육감적인 몸매를 지녔다.

검은색 머리카락을 어깨 언저리까지 길렀고 색기가 묻어나는 검은색 눈동자는 나에게 추파를 던지고 있었다.

이 여성은 프리스트인 걸까.

품이 낙낙한 흰색 신관복 같은 로브를 걸치고 허리에는 철제 메이스를 차고 있었다.

이 여성에게서 어른의 색기가 느껴지는 건 저 눈물점 탓일까.

아니면 내 주위에 어른의 성숙한 매력을 지닌 여성이 한

명도 없기 때문일까.

그 여성은 나를 향해 우아하게 예를 표하며 입을 열었다.

"당신의 고명은 예전부터 익히 들었습니다. 저는 세레나라고 해요. ……느닷없이 이런 말씀을 드려 죄송하지만, 저를 당신이 속한 파티의 멤버로 삼아주시지 않겠습니까?"

홍마의 마을에 가기 전, 접수처 누님이 말했던 내 팬이라는 모험가가 바로 이 사람일 것이다.

이 여성이 느닷없이 한 말 때문에 길드 전체가 술렁거렸지만―.

"뭐어~? 느닷없이 나타나서 무슨 소리를 하는 거야? 이 파티에는 이미 우수한 아크 프리스트인 내가 있으니까, 다른 프리스트는 필요 없답니다~. 알았으면 꺼져. 빨리 꺼지란 말이야!"

정적이 감도는 길드 안에서 아쿠아의 고함 소리가 메아리쳤다.

아무래도 아쿠아는 느닷없이 나타난 프리스트에게 자신의 자리를 빼앗길까 싶어서 경계하고 있는 것 같았다.

자신의 이름이 세레나라고 말한 이 여성은 그런 아쿠아를 깔끔하게 무시하고 말을 이었다.

"사토 카즈마 님. 부디 저를 당신의 시종 중 한 명으로서 곁에 두시지 않겠습니까? 제가 당신에게 폐를 끼치는 일은 결코 없을 거랍니다."

세레나는 그렇게 말하더니 입가에 미소를 머금었다.

그 순간, 금방이라도 세레나에게 달려들 것만 같던 메구밍이 뜨끔한 표정을 짓고 고개를 돌렸다.

방금 홍마의 마을에서 나에게 실컷 폐를 끼치고 돌아왔기 때문에 아무 말도 못하는 것이리라.

자연스레, 내 동료들의 시선이 나에게 집중됐다.

나보고 결정하라는 의미겠지만 아무래도 이 상황은—.

"너, 마왕의 수하 같은 거지? 뜬금없이 나타나서 내 동료가 되고 싶다고? 내 악평을 아는 녀석이라면 우리 파티에 들어올 생각은 꿈도 꾸지 않을 거야. 틀림없어. 너는 수많은 마왕군 간부 토벌에 관여한 나를 위험시한 마왕이 보낸 암살자……."

"『세이크리드 하이니스 힐』!"

내 말을 끊듯, 아쿠아가 느닷없이 마법을 펼쳤다.

몸이 옅은 빛에 휩싸이더니 이윽고 별다른 변화 없이 그대로 잦아들었다.

방금 그 마법은 상처뿐만 아니라 내 몸에 악영향을 끼치는 것들을 전부 치료해버리는 강력한 회복마법이다.

하지만, 나는 다친 곳이 전혀 없었다.

"……어이, 왜 나한테 회복마법을 쓴 거야?"

"카즈마는 최약체 직업에 스테이터스도 바닥인 데다 레벨도 높지 않은 주제에 자기가 마왕의 표적이 되었다는 망상에 사로잡힌 것 같았거든. 그래서 네 머리에 힐을 걸어준 거야."

이 녀석, 확 트레이드해버릴까.

"의심이 많으시군요……. 카즈마 님, 당신은 자기 자신을 너무 과소평가하고 계세요. 수많은 강적을 해치우고, 젊은 나이에 엄청난 부를 쌓은 위대한 모험가. 당신은 마왕에게 대항하기 위해 신에게 선택받은 용사가 분명하답니다……."

세레나는 눈을 감고 깍지를 끼더니 기도하는 자세를 취하며 그렇게 말했다.

나는 마왕이 한창 침략 중인 이 세계에 즉시 전력으로 아쿠아에 의해 보내졌다.

그렇게 보면 확실히 맞는 말이기는 했다.

아니, 듣고 보니 나에 대한 세간의 평가가 잘못된 듯한—.

"『세이크리드 하이니스 힐』!"

또 아쿠아의 목소리가 울려 퍼졌다.

그와 동시에, 세레나의 몸이 옅은 빛에 휩싸였다.

"……왜 저에게 회복마법을 건 거죠?"

"우리 카즈마를 용사라고 말하는 걸 보면 정상이 아닌 것 같았거든. 그래서 머리에 힐을 건 거야."

…………

"으음, 아무튼 말이야. 본의는 아니지만, 이 녀석이 우리 파티의 프리스트야. 그리고 미안하지만 현재 파티 멤버를 모집하고 있지는 않거든. 그러니까 다른 파티를 찾아봐."

"아야얏! 카즈마 씨, 아프거든요?! 엄청 아프거든요?!!"

내가 아쿠아의 귀를 잡아당기며 그렇게 말하자 세레나는 미소를 머금은 채 입을 열었다.

"……어쩔 수 없군요. 오늘은 이만 실례하겠어요. 하지만 카즈마 님. 저는 당신의 파티에 분명 도움이 될 거랍니다."

자신만만한 어조로 그렇게 말한 세레나는 당당한 태도로 돌아갔다.

그런 그녀를 배웅한 후 나는 파티 멤버들을 다시 돌아보았다.

아쿠아는 아까 내가 잡아당겼던 귀를 매만지면서 눈물을 글썽이고 있었다.

메구밍은 세레나가 사라진 후에야 안도의 한숨을 쉬고 다크니스의 뒤편에서 쏙 나왔다.

그리고―

"……너, 왜 몸을 배배 꼬고 있는 거야?"

"불쑥 나타난 미인 프리스트의 꼬드김에 카즈마가 넘어가는 모습을 보면서, NTR이라는 것을 실감하고 있었다……."

다크니스는 부도덕한 느낌이 물씬 나는 안타까운 표정을

짓고 볼을 붉히더니, 몸을 배배 꼬면서 촉촉이 젖은 눈동자로 나를 응시했다.

나는 그런 동료들을 쳐다보고—.

"……나, 아까 그 사람을 쫓아가도 돼?"

2

다음날 아침.

모험가 길드에 가보니 평소와 분위기가 달랐다.

"그럼 토벌을 하러 가실 분은 이쪽에 줄을 서 주세요. 효과가 장시간 지속되는 지원마법을 무료로 걸어드릴게요."

모험가들이 길드 안에서 줄지어 서 있었다.

그리고 그 줄의 선두에서는 세레나가 모험가들에게 일일이 지원마법을 걸어주고 있었다.

아무래도 모험가들에게 공짜로 지원마법을 걸어주고 있는 것 같았다.

기본적으로 프리스트라는 클래스는 수요에 비해 수가 적다.

그러니 지원마법 무상 서비스는 프리스트가 없는 파티에게 정말 감사한 일이었다.

"어머, 카즈마 님이시군요. 어떠세요? 지원마법 서비스를 받지 않으시겠어요? 지원마법은 종파가 다르면 중복되죠. 저는 저기 계신 프리스트 분과는 종파가 다를 테니, 분명

중복이 가능할 거랍니다."

나를 발견한 세레나는 빙긋 웃고 그렇게 말했다.

종파가 다를 거라고 용케 단언하네.

……아니, 단언하는 게 당연하려나.

아쿠아는 척 봐도 아쿠시즈 교도처럼 생겼으니까 말이야.

하지만 공짜 봉사라. 처음으로 제대로 된 프리스트를 본 것 같았다.

"거기, 너. 여기서 멋대로 그런 짓을 하면 다른 프리스트에게 폐가 되거든? 우리의 희소성이 떨어지니까, 이런 짓을 벌이지 말아주시면 참 고맙겠는데 말이죠~."

우리 파티의 양아치…… 아니지.

우리 파티의 성직자(가칭)가 세레나에게 시비를 걸었다.

진정한 성직자는 아쿠아를 힐끔 쳐다보더니ㅡ.

"그런 언동은 자제하는 편이 좋지 않을까요? 카즈마 님의 평판이 떨어질 테니까 말이에요. 카즈마 님에 대한 악평이 자자한 것은 당신들에게도 그 책임이 있지 않을까요? …… 게다가, 프리스트가 무상으로 봉사를 하는 게 뭐가 나쁘다는 거죠? 프리스트가 없는 파티에게 도움의 손길을 내미는 것이 나쁜 짓인가요?"

"나쁘지 않아요."

세레나가 정론으로 반박하자 여신(가칭)은 고개를 끄덕였다.

"당신에게 무상으로 다른 분들께 지원마법을 걸어주라고

강요하는 건 아니에요. 당신은 저보다 프리스트로서의 실력이 뛰어난 듯하지만, 지금까지 다른 모험가에게 지원마법을 걸어주지 않은 점에 대해 왈가왈부할 생각도 없어요. ······하지만, 제가 하는 일은 지극히 올바르고 정당한 행위랍니다. 당신에게는 그런 제 행동을 막을 권리가 없을 텐데요?"

"예, 없어요."

완전히 말싸움에서 밀린 아쿠아가 고개를 푹 숙인 채 털레털레 돌아왔다.

"······찍소리도 못해보고 졌어······."

여신이 프리스트에게 말싸움으로 지면 어떻게 하냐고······.

우리가 세레나를 쳐다보자 내 시선을 눈치챈 그녀가 빙긋 미소 지었다.

······아무리 생각해도 저쪽이 훨씬 성직자 같네.

바로 그때였다.

"······마음에 안 드는걸."

느닷없이 그런 소리를 한 이는 바로 양아치 중의 양아치, 더스트였다.

더스트는 뭐가 그렇게 마음에 안 드는지, 테이블 위에 넙죽 엎드린 채 세레나를 미심쩍다는 듯 쳐다보고 있었다.

"마음에 안 들어······. 나는 저렇게 성직자다운 성직자를 본 적이 없어. ······다른 녀석들은 겨우 지원마법 따위에 훅 넘어간 것 같지만, 나는 속지 않아. 프리스트로서의 실력이라면 옛날에 나를 되살려줬던 아쿠아 누님이 훨씬 뛰어나잖아. 누님이 훨씬 낫다고. ……마음에 안 들어. 진짜 마음에 안 든다고……."

마음이 배배 꼬인 이 남자는 깨끗한 마음을 지닌 참된 인간과 공존할 수 없는 것 같았다.

그런데 왜 나 같은 녀석과 친하게 지내는 걸까.

아무튼 이 길드에는 아쿠아를 신뢰하는 모험가도 많았다.

이런저런 일이 있기는 했지만 아쿠아와는 꽤 오랫동안 알고 지낸 것이다.

바로 그때, 길드 직원이 모험가들을 향해 큰 목소리로 말했다.

"모험가 여러분! 오늘도 힘차게 토벌을 하러 가시죠! 사실 오늘 토벌 의뢰는 평소와 좀 다릅니다만……."

아무래도 저 직원은 세레나가 모험가들에게 지원마법을 걸어줄 동안 기다리고 있었던 것 같았다.

또한, 어찌된 영문인지 오늘은 게시판에 토벌 의뢰 용지가 붙어 있지 않았다.

그리고 방금 이야기를 시작한 직원은 종이 한 장을 꺼내 보이며 말을 이었다.

"실은 어젯밤부터 공동묘지 주변에서 대량의 언데드가 발생하고 있습니다. 그래서 오늘은 그 언데드들을 토벌해주셨으면 합니다. 그 묘지는 마을 인근에 있기 때문에, 언제 이 마을 주민들이 피해를 입을지 모르니까요. 특히 프리스트 여러분은 꼭 참가해 주셨으면 합니다!"

……공동묘지에서 언데드가 대량으로 발생했다.

나와 다크니스, 메구밍의 시선이 자연스레 아쿠아를 향했다.

그 공동묘지의 정화는 아쿠아가 전부터 해왔었는데…….

"어?! 왜 그런 눈으로 나를 쳐다보는 건데?! 나, 일주일에 한 번 간격으로 묘지 정화를 하고 있거든? 요즘은 건성으로 한 적도 없어!"

"……하지만 너는 전과가 있으니까……."

아쿠아가 필사적으로 변명했지만 나는 여전히 의혹에 찬 눈길로 그녀를 쳐다보았다.

"저기, 그런 눈빛으로 나를 쳐다보지 마! 나, 요즘은 정화도 성실하게 했어! 거짓말이 아냐! 좋아, 두고 봐! 오늘 내가 아크 프리스트의 진정한 힘을 보여줄게! 좀비나 스켈레톤 따위는 나 혼자서 충분히 쓸어버릴 수 있어!"

발끈한 아쿠아가 길드 전체에 울려 퍼질 만큼 큰 목소리로 그렇게 외쳤다.

3

누군가가 고함을 질렀다.

"이게 다 뭐야~?!"

공동묘지.

그곳은 돈이 없는 인간, 그리고 가족이 어디 있는지 알 수 없는 모험가들이 잠드는 장소였다.

마을 교외에 있는 그 커다란 묘지에서는…….

수백을 훌쩍 넘는 대량의 언데드가 우글거리고 있었다.

예상 이상으로 언데드의 숫자가 많아서 다른 모험가들도 겁을 먹었다.

아니, 겁을 먹은 게 아니다.

현재 하늘에는 구름이 끼어 있었다.

하지만 날씨가 흐리다고 할지라도 한낮에 활동하는 언데드 몬스터는 위협적이지 않았다.

위협적이지 않지만―.

"……어, 어이……. 나 그냥 돌아가도 돼?"

"아, 안 돼, 카즈마. 나도 악취 때문에 확 돌아가 버리고 싶지만, 지금부터 내 멋진 모습을 보여줘야 한단 말이야. 그리고 모험가들에게서 「아아, 역시 액셀의 미인 프리스트하면 아쿠아 씨구나」 같은 말을 다시 들을 거야."

뭐? 다시 들어? 너는 지금까지 그런 소리를 들은 적이 한 번도 없거든?

아무튼, 냄새가 심했다.

코가 삐뚤어질 것 같았다.

좀비의 숫자가 어마어마한 탓에 좀비한테서 풍기는 악취

또한 장난이 아니었다.

"어쩔 수 없지. 아쿠아, 네가 나서. 네가 돌진하면 언데드들이 전부 너한테 몰려들 거잖아? 그때 광범위 정화마법으로 전부 쓸어버리는 거야."

"뭐어?! 이렇게 많은 언데드가 나한테 몰려드는 건, 상상만 해도 싫은데……."

아쿠아가 악취 때문에 머뭇거릴 때였다.

"그럼 아쿠아 대신 제가……."

그렇게 선언한 메구밍이 흥분에 찬 표정으로 폭렬마법을 영창하려 했고 다크니스가 그녀를 옴짝달싹 못하게 잡았다.

"잘했어, 다크니스. 너는 메구밍이 허튼 짓 못하도록 잡고 있어. 저 녀석이 폭렬마법을 쓰면 이 묘지가 초토화될 게 뻔하거든. 그럼 아쿠아, 가자!"

우리 이외의 모험가들은 이 악취 때문에 겁을 집어먹은 건지, 다들 좀비 무리에게 다가가지 않았다.

멀찍이서 마법을 쓰거나 활 같은 것으로 공격하고 있지만 큰 효과는 없었다.

그런 와중에 나는 아쿠아를 데리고 언데드 무리에게 다가갔다.

이것으로 이 녀석들은 우리를 향해 쇄도할 것이다.

"앗, 다크니스! 놔주세요! 저쪽에 폭렬마법을 날리면 분명 엄청 상쾌할 거예요! 이대로 있다간 아쿠아가 한꺼번에 정화해버릴 거예요! 저의 폭렬마법이 비주얼 적으로도 훨씬 시원시원할 거라고요!"

"그랬다간 이 묘지까지도 시원시원한 평야로 변하지 않느냐! 나는 신을 모시는 크루세이더다! 무덤을 어지럽히는 것을 두고 볼 수는 없다!"

메구밍과 다크니스가 다투는 사이, 나와 아쿠아는 언데드 무리와 접촉했다.

아크 프리스트인 아쿠아의 실력만큼은 인정하는 이 마을 모험가들은, 나와 아쿠아를 엄호하기 위해 손에 쥔 무기를 휘두르며 언데드를 도발했다.

하지만 그런 도발도 언데드에게 절대적인 인기를 자랑하는 아쿠아의 특이체질 앞에서—!

"……어라?"

"……이쪽으로 안 오네?"

언데드 몬스터 무리는 격렬한 움직임을 선보이고 있는 모험가에게 반격을 했다.

"그래……. 너를 겨우겨우 신 같아 보이게 해주던 특성도 드디어 사라지고 만 거구나."

"어이, 망할 백수. 언데드보다 너부터 먼저 성불시켜줄까? 네가 죽으면 반드시 지옥에 보내버리고 말 거야!"

아쿠아를 나를 노려보고 분하다는 듯 어금니를 깨물었다.

"지옥에 떨어지면 바닐 같은 악마들과 잘 지낼게."

"분해! 너의 그 폭넓은 교우 관계 때문에 열불이 터져!"

나를 향해 화를 내던 아쿠아는 일단 자신이 해야 할 일을 수행하기 시작했다.

이래 봬도 이 녀석은 일단 여신이다.

화장실의 신이니 연회의 신이니 같은 소리를 듣기는 하지만, 일단 이 녀석의 힘은 일류다.

아쿠아가 영창을 시작하자 주위에 있던 모험가들이 안도에 찬 표정을 지었다.

이윽고 마법이 완성되더니—.

"『턴 언데드』!"

아쿠아의 목소리가 울려 퍼진 순간, 묘지 전체가 아쿠아를 중심으로 새하얀 빛에 휩싸였다.

그 빛에 닿은 언데드들이—.

""……어?""

나와 아쿠아가 한 목소리로 그렇게 외쳤다.

언데드들이 소멸되는 것은 고사하고 멀쩡했다.

그리고 방금 마법을 공격으로 여기는 것 같았다.

아쿠아를 향해 언데드들이 일제히……!

"오오오오?! 아쿠아, 언데드 퇴치는 네 유일한 장점이잖아! 어떻게 좀, 어떻게 좀 해봐!"

"이상해, 이상하단 말이야! 저건 언데드가 아닐지도 몰라! 그리고 보니 눈이 빨간 좀비는 본 적이 없어! 그것보다 카즈마는 왜 나한테서 떨어지는 건데?! 우리는 같은 파티잖아? 동료잖아?!"

나는 서둘러 아쿠아에게서 떨어지려 했고 그녀가 내 옷을 움켜잡으며 한사코 매달렸다.

믿었던 아쿠아의 마법이 통하지 않자, 느긋하게 상황을 지켜보던 모험가들도 허둥대기 시작한 바로 그때였다.

"턴 언데드!"

세레나의 맑은 목소리가 들렸다.

그와 동시에 그녀를 중심으로 충격파 같은 바람이 휘몰아쳤다.

그러자 언데드들은 실이 끊어진 인형처럼 지면에 풀썩풀썩 쓰러졌다.

""""오오오오오?!""""

많은 모험가들이 지켜보는 가운데—

묘지에 있던 대량의 언데드들은 세레나가 쓴 마법에 의해, 전부 꼼짝도 못하는 시체가 되었다.

—힘들 줄 알았던 토벌이 간단히 끝나고 말았다.

길드 측은 이 의뢰를 처리하는 데 하루 종일 걸릴 거라고 생각한 건지, 다른 토벌 의뢰를 준비하지 않은 것 같았다.

그래서 오후부터는 모든 모험가가 할일이 없었다.

그리고 임시휴업을 하게 된 한가한 인간들은—.

"너 진짜 대단하잖아! 우리 파티에 들어오지 않겠어? 우리 파티에는 상급 직업이 한 명 있다고."

"그냥 우리 파티에 들어와! 우리 파티는 꽤 이름을 날리고 있거든!"

"저희 파티에 들어와 주세요! 저희 파티 멤버는 모두 여자니까, 여러모로 편할 거예요!"

"……아니, 저기……. 저는, 카즈마 님의 파티에 들어가고 싶거든요……."

길드 한가운데에서는 모험가들에게 둘러싸인 세레나가 난처한 표정을 짓고 있었다.

왜 아쿠아의 마법은 통하지 않고 세레나의 마법은 통한 걸까.

그 점은 아직 의문이지만 딱 하나 분명해진 점이 있다.

"자아! 테이블에 놓인 이 컵에 이 솔방울을 던져서 집어넣겠어요. 그러면 컵 안에서 슈르르륵~ 하고……!"

"일단 네 방향성이 잘못된 건 확실해."

아쿠아가 개인기를 선보이려고 했으나 모험가들은 세레나를 영입하느라 혈안이 된 탓에 쳐다보지도 않았다.

"……슈르르륵~ 하고…………. 안에서…… 최상급 자연산 송이버섯이…………."

아쿠아의 목소리가 점점 작아졌다.

"……자라……나거든요……? ……자라난다고요~."

아무도 아쿠아를 쳐다보지 않아서 그녀는 쓸쓸한 표정으로 컵에 솔방울을 던져 넣었다.

그러자 컵 안에서 슈르르륵~ 하고………….

"……어이, 너 지금 뭘 한 거야? 이 시기에 자연산 송이버섯이 자라나는 건 말도 안 되잖아. 그리고 가능하면 두세 개 더…….."

나는 컵에서 자라난 멋진 송이버섯을 손으로 뽑은 후, 두세 개 정도 더 만들어달라고 설득했지만…….

아쿠아는 아무 말 없이 테이블에 엎드리더니 이윽고 꼼짝도 하지 않았다.

메구밍이 그런 아쿠아의 머리를 상냥하게 쓰다듬어줬다.

그리고 다크니스가 아쿠아의 옆에 서서 입가에 손을 댄 채 생각에 잠겨 있었다.

"―그런데, 세레나 양. 정말 괜찮겠어? 이번 토벌은 거의 당신이 혼자 해낸 거잖아. 그런데 보수를 우리끼리 나눠가지라니…….."

어느 모험가가 세레나를 향해 그렇게 말했다.

"저는 성직자예요. 잠잘 곳과 허기를 면할 식비만 있으면 충분하답니다."

세레나가 그렇게 말하고 미소를 짓자 모험가들은 한숨을 내쉬었다.

미인에, 몸매도 좋고, 성격도 끝내주며, 능력도 뛰어난 프리스트······.

"············."

한동안 세레나를 쳐다보던 내가 아무 말 없이 아쿠아를 돌아보니 그녀는 여전히 테이블에 철퍼덕 엎드려서 꼼짝도 하지 않고 있었다.

"······어이, 너 지금 밀리고 있거든? 이쪽 계열 전문가라는 녀석이 이대로 당하고만 있을 거야?"

"············내버려둬. 나는 마이너 종교인 아쿠시즈교의 여신이야. 나는 메이저가 못 되어도 돼. 몇 안 되는 마니악한 신도를 소중히 여길래. 아까 더스트라는 양아치가 말했지? 내가 더 낫다고 말이야. 숫자는 적지만, 나를 지켜봐주는 사람은 분명 존재해. 그러니까, 밀린다고는 생각하지······."

"처음 봤을 때부터 범상치 않다고 생각했어! 어디 사는 실망 덩어리 안습 아크 프리스트와는 다르게, 사람이 됐네! 돈을 밝히지 않는 점이 특히 좋아!"

세레나 쪽에서 더스트의 목소리가 들려왔다.

주머니 사정이 나쁜 양아치가 보수에 눈이 멀어서, 세레나 쪽에 붙기로 마음먹은 것 같았다.

"······더스트 녀석은 저딴 소리를 하고 있거든?"

"······저기, 카즈마 씨. 카즈마 씨는 언제나 내 편이 되어줄 거지?"

아쿠아가 테이블에 넙죽 엎드린 채 훌쩍거리면서 그렇게 말했다.

4

—세레나가 이 마을에 오고 며칠이 흘렀다.

"세레나 씨, 토벌을 하다 부상을 입었어. 치료 좀 부탁해도 될까?"

"예, 물론이죠. 상처를 보여주세요."

"세레나 씨, 저도 치료 좀 해주세요!"

"세레나 씨는 완전 여신 같은 사람이야!"

모험가 길드의 술집.

암묵적으로 세레나 전용석으로 정해진 테이블에는 부상을 입은 모험가들이 모여 있었다.

그 광경을—.

"마음에 안 들어……!"

길드 접수처의 카운터에 멋대로 들어가서 고개만 쏙 내민 아쿠아가 감시하는 눈길로 쳐다보고 있었다.

"아쿠아 씨, 여기 들어오시면 안 되는데요……."

길드 직원 누님이 주의를 줬지만 아쿠아는 들은 척도 하지 않았다.

길드 직원들이 나를 쳐다보았다.

나보고 어떻게 해보라는 뜻 같았다.

"……어이, 아쿠아. 그런 곳에 있으면 다른 사람들에게 방해돼. 그리고 이미 들켰을 테니까 그냥 나와."

"……저 여자. 길드에서의 내 인기를 다 채가다니, 진짜 배짱이 좋네. 원래 저기서 모험가들을 치료해주고 치유의 여신 대접을 받는 건 바로 내 역할이었잖아."

—너, 지금까지 그런 짓은 한 번도 한 적 없잖아.

다크니스는 조사할 것이 있다면서 메구밍을 데리고 아침부터 어딘가에 갔다.

그리고 그것은 오늘만이 아니라, 세레나라는 프리스트가 나타나고 매일 반복됐다.

나는 방에서 데굴거리다 아쿠아에게 습격을 당한 후 이렇게 길드까지 끌려왔는데—.

"어이, 아무리 조사해봤자 저 누님의 약점 같은 건 못 찾

아. 그냥 돌아가서 잠이나 자자."

……그렇게 된 것이다.

내가 그렇게 말해봤지만 아쿠아는 한사코 카운터에서 나오지 않았다.

"싫어. 나는 저 여자가 왠지 마음에 안 들어. 너무 완벽하단 말이야. 미인에, 몸매도 좋고, 성격도 온화한 데다, 누구한테나 상냥해. 게다가 프리스트로서의 실력도 뛰어나. 저 여자는 너무 완벽해. 맞아. 나와 에리스 같은 여신 수준의 완벽함을 지녔어."

"태클은 안 날릴 거야."

나는 아쿠아를 향해 그렇게 말하면서 모험가들을 치료하고 있는 세레나를 쳐다보았다.

세레나는 내 시선을 눈치챈 건지 나를 향해 미소를 지으면서 손을 흔들었다.

그 주위에서는 부상을 입은 모험가들이 잡담을 나누며 자기 차례를 기다리고 있었다.

그 중에는 거의 부상을 입지 않았는데 줄을 서 있는 자도 있었다.

"저기, 카즈마. 부탁이 있어."

아쿠아가 카운터에서 몸을 일으키더니 느닷없이 그렇게 말했다.

그리고 나를 향해 검지를 내밀었다.

"카즈마의 단검으로 내 손가락 끝에 상처를 내줘. 나도 저 여자에게 치료를 받을래."

"……너는 직접 치료하면 되잖아. 시비라도 걸 생각이야? 관둬. 저 사람은 모험가들 사이에서 평판이 좋다고. 괜한 짓을 벌였다간 다른 녀석들을 적으로 돌리게 될 거야."

내가 아쿠아에게 충고를 해줬지만 그녀는 들은 척도 하지 않았다.

아쿠아가 검지를 내민 채 꼼짝도 하지 않아서 나는 어쩔 수 없다는 듯 단검을 뽑아들고—

"……어이, 자기가 해달라고 했잖아. 손가락 움직이지 마."

"그렇지만, 진짜로 하려니까 무섭단 말이야. 아주 살짝, 피가 날락 말락 할 정도의 얕은 상처면 돼. 알았지?"

자기 입으로 상처를 내달라고 말했던 아쿠아는 단검을 든 내가 다가가자 슬금슬금 손가락을 뒤로 뺐다.

아쿠아는 왼손으로 자신의 오른손을 감싸더니 손가락 사이로 오른손 검지를 쏙 내밀었다.

왜 이런 짓을 하려는 건지는 모르겠으나 나는 아쿠아의 손가락 끝을 향해 신중하게 단검을—

"어이쿠, 손가락이 없어졌군요~. 진짜 손가락은 어느 걸까요?"

단검이 닿을락 말락 한 바로 그때였다.

아쿠아가 그렇게 말한 뒤 즐거운 표정으로 오른손 검지를 쑥 집어넣고, 손가락 사이에서 내밀었다 넣었다를 반복했다.

나는 아무 말 없이 아쿠아의 손가락을 움켜쥔 후 단검 끝으로 찔렀다.

"······윽! ······윽!"

아쿠아는 찔린 손을 움켜쥐고 고통 때문에 말도 제대로 할 수 없는지 몸을 웅크렸다.

"자, 가봐."

나는 아쿠아에게 그렇게 말했고 울먹거리던 그녀는 원망에 찬 눈길로 나를 노려본 후, 그대로 세레나의 곁으로 향했다.

─멀찍이서 지켜보니 아쿠아는 무슨 속셈인지 비틀거리며 세레나가 있는 테이블로 걸어갔다.

우선 주정뱅이의 흉내라도 내면서 다가갈 속셈인 것 같았다.

그리고 줄의 가장 앞에 서 있던 모험가에게 다가가더니─.

"저기요~. 저, 보다시피 중상을 입었거든요~. 연약한 여자에게 차례를 양보해주시면 안 될까요~?"

아무래도 주정뱅이가 아니라 중상을 입어 위독한 환자 흉내를 내는 것 같았다.

얼굴이 딱딱하게 굳은 그 모험가는─.

"아니, 아쿠아 씨는 직접 치료하면······. ······아, 알았어. 양보할게. 양보할 테니까 요상한 행동을 취하며 위협하지 말라고……!"

겁먹은 어조로 그렇게 말하고 끼어든 아쿠아에게 차례를 양보—.

"기다리세요."

양보하려던 모험가를 세레나가 말렸다.

그리고 세레나는 그대로 아쿠아를 지그시 쳐다보더니—.

"어?"

영문을 모르겠다는 표정을 짓고 있는 아쿠아를 향해 이렇게 말했다.

"상처를 직접 치료하지 않는 건 눈감아 줄 수 있어요. ……하지만, 당신은 성직자잖아요? 원래 상처 입은 자를 치유해주는 것이야말로 당신의 사명이죠. 그런데 상처 입은 사람을 밀쳐내고 자기가 먼저 치료를 받으려 하는 건가요? 그 행동은 성직자로서 올바르지 않은 행동 아닐까요?"

"올바르지 않은 행동이에요."

세레나가 차분한 어조로 꾸짖자 아쿠아는 순순히 자신의 잘못을 인정했다.

당연했다. 맞는 말이니까 말이다.

지당하기 그지없는 말이었다.

"당신이 프리스트라서 치료를 해주지 않겠다는 건 아니에요. 누구나 고통을 느끼니까요. 그러니 차례를 지켜주세요."

"예. 잘못했어요."

차례를 양보해준 모험가에게 미안하다고 사과한 아쿠아는 줄의 가장 뒤편에 가서 섰다.

……여신이 프리스트에게 말싸움으로 지면 어떻게 하냐고.

상처를 움켜쥔 채 얌전히 기다리자 곧 아쿠아의 차례가 되었다.

아쿠아는 세레나의 앞에 앉은 후 오른손의 상처를 보여줬다.

"선생님, 지나가던 망할 백수한테 중상을 입었어요. 이 상처는 나을까요? 아니면, 저는 곧 죽는 건가요?"

아쿠아는 생채기나 다름없는 상처를 보여주면서 그렇게 말했다.

세레나는 아쿠아의 오른손을 잡고 상처 부위에 손을 대면서 쓴웃음을 지었다.

"생채기군요. 금방 치료해드릴게요……. 자, 『힐』. 어때요? 완전히 아물……."

세레나가 그렇게 말하고 손을 치웠지만 상처는 전혀 아물지 않았다.

"……윽?!"

그걸 본 세레나가 그 자리에서 딱딱하게 굳어버렸고 아쿠아는 거짓 눈물을 흘리며 이렇게 외쳤다.

"선생님, 저는 역시 죽는 건가요?! 선생님도 치료하지 못할 정도로 중상을 입은 건가요? 아니면 선생님이 저를 싫어해서 일부러 치료해주지 않는 거예요? 선생님, 어떻게 된 건지 말씀 좀 해보세요!"

아무래도 세레나의 치유마법에 저항한 것 같았다.

그러고 보니 일전에 위즈가 나에게 드레인 터치를 가르쳐줄 때도, 이 녀석은 스킬에 저항했었지.

리치에게도 저항할 수 있을 정도인 만큼, 프리스트의 치유마법 정도는 간단히—.

"『힐』!『힐』! ……어, 어떻게 된 거죠? 효과가…….."

"선생님, 왜 고쳐주지 않는 거죠? 설마 이 길드 제일의 프리스트인 저의 힘과 인기를 시샘한 나머지 고쳐주지 않는 건가요?! 아니면, 선생님의 실력이 엉망이라 고칠 수 없는 건가요? 아아……, 나는 이대로 죽을 거야. 이 상처를 통해 세균이 온몸으로 퍼져 나가서 죽을 거야……! 카즈마 씨~, 카즈마 씨~! 내 말 좀 들어봐! 이 여자가 나를 고쳐주지 않아!"

나는 고래고래 고함을 지르고 있는 아쿠아에게 다가갔다.

세균 때문에 죽기는 무슨. 너는 독이 통하지 않는 데다, 몸에 닿기만 해도 전부 정화되어 버리고 말잖아.

나는 마음속으로 그런 태클을 날리면서 아쿠아의 뒤편에 섰다.

"내가 죽으면, 이 마을 한가운데에 피라미드보다 더 큰 무덤을 세워줘. 그리고 카즈마가 잡동사니라 부르는 보물들이 내 방에 있으니까, 그것도 무덤에 넣어줬으면 해. 내 묘의 수호자는 젤 킹이 좋겠네. 공물로는 아침, 점심, 저녁에 술과 맛있는 안주를 바쳐. 그리고 묘비에는 이렇게 새겨. 위대하신……."

나는 바보 같은 소리를 늘어놓는 바보의 뒤통수를 단검의 손잡이 부분으로 가볍게 때렸다.

"위대하신 바보가 여기에 잠들다, 하고 적어줄게. 세레나 씨, 제가 이 바보 대신 사과할게요. 어이, 빨리 따라와!"

"……윽! ……윽!!"

나는 뒤통수를 부여잡은 채 바닥을 굴러다니고 있는 아쿠아의 멱살을 잡은 후 그대로 이 자리를 벗어나려 했다.

주위에 있는 모험가들의 시선이 따가웠다.

마치 적진 한가운데에 서 있는 느낌이었다.

바로 그때였다.

"저기……. 카즈마 님에게 드릴 중요한 이야기가 있어서 그러는데, 잠시 시간을 내주시지 않겠어요?"

세레나가 자리를 벗어나려 하는 나에게 말을 걸었다.

아쿠아가 그 말을 듣고 자신의 손과 뒤통수에 힐을 걸면서 벌떡 일어섰다.

"어이, 너. 작작 좀 해. 우리 카즈마 씨에게 너무 집착하는 거 아냐?! 길드 제일의 미인 프리스트의 자리를 나한테서 빼앗은 걸로 모자라, 그 색기로 카즈마 씨까지 차지할 속셈이야? 우리 카즈마 씨는 어린 여자애가 오빠라고 불러주기만 해도 훅 넘어가버릴 만큼 의지가 약하니까, 좀 작작 해줄래요?"

"좋아, 따끔한 맛을 보여줄 테니까 이쪽으로 좀 와봐."

내가 아쿠아를 끌고 가려던 순간, 모험가 중 누군가가 중얼거렸다.

"길드 제일의 미인 프리스트……."

""……푸흡!""

"방금 웃은 녀석, 누구야~?! 이쪽에서 들렸거든?! 빨리 튀어나와! 어, 너는 옛날에 내가 소생시켜줬던 사람이잖아! 웃을 거면 돈 내놔! 소생은 원래 헌납금을 엄청 받는 고등 마법이니까, 빨리 돈 내놔!"

아쿠아가 모험가들에게 시비를 걸어대기 시작했다.

"내, 내가 아냐! 나는 안 웃었어…… 어이! 술에 손가락 넣지 말라고, 아쿠아 씨! ……앗, 맹물이 됐잖아! 왜 내 술을 가지고 개인기를 하는 거냐고!"

"개인기가 아니라 체질이야! 너희가 어떤 애들인지 이제 똑똑히 알겠어! 나, 이러쿵저러쿵하면서도 현상범이나 거물 몬스터와 싸울 때는 소생이나 치료, 지원마법 같은 걸 엄청 걸어줬는데, 이제 와서 이럴 거야?! 확 이 가게의 술이란 술은 전부 맹물로 만들어버린다?!"

"안 돼요, 아쿠아 씨! 그런 짓을 하면 길드가 가장 난처해진다고요! 하지 마세요! 제발 부탁이에요!"

아쿠아가 길드 안에 있는 술통에 손을 집어넣으려 했고, 길드 직원과 모험가들이 허둥지둥 그녀를 말리는 가운데—.

"그럼 가죠, 카즈마 님. 여기는 시끄러우니까, 가능하면 인적이 드문 장소에서 이야기를 나누고 싶군요……."

세레나는 길드 안에서 벌어진 소동은 개의치 않는다는 듯 나를 향해 미소 짓고 그렇게 말했다.

에필로그

난리를 피우고 있는 아쿠아를 길드에 내버려둔 나는, 세레나와 함께 마을 중심부에서 조금 벗어난 곳에 있는 인적 드문 골목으로 이동했다.

인적이 드문 이 근처에 있는 가게라고는 손님이 없기로 유명한 모 마도구점 뿐이다.

할 이야기가 있다면 이런 장소가 아니라 카페 같은 곳에 가는 편이 나을 것 같은데…….

내가 무슨 생각을 하는지 눈치챈 세레나는 눈을 가늘게 뜨고 미소를 지었다.

"제가 하려는 건 가게 안에서 할 만한 이야기는 아니라서 요…….."

세레나는 그렇게 말하며 주위를 둘러본 후 길가에 걸터앉았다.

"여기는 사람들 왕래도 드무니까, 다른 사람이 나타나도 그냥 화제를 바꾸면 될 것 같군요. 그럼 여기서 이야기를 나눠볼까요."

방금까지 온화한 미소를 짓고 있던 세레나가 갑자기 진지한 표정을 지었다.

—그것은 너무나도 장대하고 안타까운 이야기였다.

세레나의 이야기는 한 마디로는 표현할 수 없었다.

그것은 듣는 이들을 안타까움과 애절함에 휩싸이게 하는, 그런 이야기였다.

"—그리고 그 자는 이윽고 사악한 힘에 삼켜졌고⋯⋯. 어느새 세상 사람들에게⋯⋯ 마왕이라는 이름으로 불리게 되었어요. 마왕은 자신이 원해서 이 세상 사람들을 해치고 있는 게 아니랍니다⋯⋯!"

"맙소사⋯⋯. 만화에서나 나올 법한 전개가 현실에서 펼쳐지다니⋯⋯!"

나는 약간 감동을 받았다.

세레나는 그런 나를 보고 약간 고개를 갸웃거렸다.

"⋯⋯만화? ⋯⋯아무튼, 그런 이유로 아름다운 소녀는 마왕이라 불리게 되었어요. 지금도 저주 때문에 추악한 모습이 되었지만, 그 저주도 서서히 풀리려 하고 있죠. ⋯⋯부탁이에요, 카즈마 님. 당신이야말로 신에게 선택받은 자예요. 분명 지금도 인류를 괴롭히는 마왕을 퇴치하고 싶으시겠죠. 하지만 마왕 또한 원래는 불행한 일개 소녀에 지나지 않았답니다! 마왕 퇴치는 잠시만 미뤄주실 수 없을까요? 그리고, 정 기다릴 수 없다면⋯⋯! 꼭 마왕을 퇴치해야겠다면,

부디 저를 파티 멤버로 삼아서, 마왕에게 데려가주셨으면 해요……!"

세레나는 두 손으로 내 손을 감싼 후 올려다보면서 그렇게 애원했다.

정말 드라마틱한 전개야……!

그래, 이거야!

내가 이 세계에서 갈구한 건 바로 이런 거라고……!

개구리에게 잡아먹히는 여신이나, 빵 귀퉁이에 설탕을 뿌려 먹는 마왕군 간부…….

모험가인데 도망 다니는 양배추를 수확하거나, 토목 공사 아르바이트를 하거나…….

고양이 귀 오크에 가짜 귀 엘프, 기타 등등…….

그렇다. 이제까지 내가 경험한 일이 잘못된 것이다.

이 세계에도 이런 왕도적인 비극적 스토리, 어엿한 판타지 전개가 존재했다고!

그래. 지금까지 내가 만난 녀석들이 잘못됐던 거야……!

"잠깐만 기다려봐. 세레나 씨는 왜 내가 신에게 선택받은 자라고 생각하는 건데? 솔직하게 말할게. 나는 자진해서 거물 현상범이나 마왕군 간부 토벌에 참가한 적 없어. 그저 매번 재수 없이 휘말린 것에 가깝다고."

내가 그렇게 말하자 세레나는 눈을 감고 천천히 고개를 저었다.

"저는 당신의 이름을 듣자마자 직감했어요. 카즈마 님은 알고 계시나요? 이 세계에 엄청난 힘을 지닌 자들이 때때로 등장한다는 것을 말이에요. 그들은 뛰어난 두뇌를 지녔거나, 엄청난 힘을 지녔거나, 혹은 뛰어난 마력이나 엄청난 무기를 지녔죠. 다들 보유한 능력은 다르지만, 공통점이 있어요. 마왕군이 그 자들을 매우 두려워한다는 거죠."

감이 왔다.

그 녀석들은 일본에서 건너온 치트 보유자들이다.

"으음, 그런 애들이 있다는 건 나도 알아. 그리고 내가 괴상한 이름을 지녔으니까, 나는 그런 녀석들과 비슷할 거라고 생각한 거야? 저기, 미안한데 나는 특수한 능력 같은 건……."

"아뇨! 이름이 괴상하다니요! 당치도 않아요!"

나는 말끝을 흐렸고 세레나가 단언하듯 말했다.

"확실히 특수한 힘을 지닌 자들은 이상한 이름을 지녔죠. 하지만 제가 당신을 특별한 존재라고 확신한 건……! 과거에 마왕군에게 엄청난 피해를 입히고 두려움의 대상이 되었던, 전설의 검사……. 저는 당신의 이름을 듣고 확신했어요. 당신이 그 검사의 후예라는 것을 말이에요!"

맙소사, 내가 바로……!

…………

"……저기, 이유가 뭐야?"

"그 사람의 이름은 사토. 전설의 검사, 사토라고 해요. 이런 우연의 일치가 존재할까요? 아뇨, 있을 수 없어요!"

내 조국에서 가장 많은 성씨가 바로 사토예요.

피 한 방울 섞이지 않은 타인이라고 생각해요.

뭐, 하지만—.

"세레나 씨. 미안하지만, 내가 최약체 직업인 모험가라는 건 엄연한 사실이야. 방금 이야기를 듣고 텐션이 상승하기도 했고, 가슴도 엄청 뛰기는 하거든? 그래도 내가 마왕을 퇴치하는 건 무리라고. 그럴 마음도 없고, 그럴 힘도 없어. 방금 이야기가 사실이라면 마왕의 정체는 미소녀인 데다, 곧 저주가 풀려 원래 모습으로 돌아오는 거지? 무리무리, 절대 무리야. 나는 사람을 죽일 만큼 근성이 있지 않거든. 인간형 몬스터를 죽이는 게 한계야."

세레나가 내 한심한 소리를 듣고 실망할 거라고 생각했지만, 뜻밖에도 그녀는 안심한 표정을 지었다.

"힘이 없다니요. 정말 겸손하시군요……. 하지만, 그래요……. 알았어요. 후후, 카즈마 님은 정말 상냥한 분이시군요."

눈을 가늘게 뜬 세레나는 그렇게 말하고 미소를 머금었다.

그리고 나를 향해 깊이 고개를 숙이더니—.

"그럼 저는……."

"세레스디나 씨? 세레스디나 씨 맞죠?!"

나에게 작별 인사를 하려던 세레나에게 느닷없이 누군가가 말을 걸었다.

그 사람은 바로······.

"아, 카즈마 씨도 계시군요! 이런 곳에서 뭘 하고 계신 거죠? 카즈마 씨가 저와 바닐 씨뿐만 아니라 세레스디나 씨와도 친해진 걸 보면, 마왕군 간부와 정말 인연이 많나 봐요! 대체 어느새 세레스디나 씨와도 친해진 건가요?"

이 근처에 있는 마도구점의 점주인 위즈였다.

"······사람 잘못 보신 것 아닐까요? 저는 세레나라는 이름의 프리스트예요. 아무래도 다른 사람과 헷갈─."

"세레스디나 씨, 모처럼 이 마을에 오셨으니 저희 가게에 들렀다 가지 않겠어요? 카즈마 씨도 같이 오세요. 차라도 대접할게요."

세레나는 사람을 잘못 봤다고 우기려 했으나 맹한 구석이 있는 위즈에게는 통하지 않았다.

세레나는 눈을 가늘게 뜨고 미소를 짓더니 나를 향해 이렇게 말했다.

"카즈마 님, 이 분과는 아는 사이신가요? 카즈마 님도 한마디 거들어주시지 않겠어요? 사람을 잘못 본 거라고요."

"세레스디나 씨, 왜 저를 쳐다보지 않는 거죠? 그리고 왜 공손한 말투를 쓰는 건가요? 저기, 저를 잊은 건 아니죠? 저예요. 예전에 마왕 씨의 성에서 지냈던 위즈예요. 당신의 동료인 위즈라고요, 세레스디나 씨!"

위즈는 미소를 짓고 있는 세레나의 어깨를 움켜쥐고 흔들어대기 시작했다.

세레나는 더는 참을 수가 없는지 위즈의 손을 쳐냈다.

"저기…… 그만 좀 하시죠? 저는 세레나예요. 세레스뭐시기라는 사람이 아니니까, 적당히 좀 하지 않겠어요?"

세레나가 그렇게 말하자 위즈는 예엣?! 하고 외치며 경악했다.

"무슨 소리를 하는 거예요? 당신은 세레스디나 씨가 맞잖아요! 다크 프리스트인 세레스디나 씨 맞죠? 책략을 짜는 게 특기고, 마왕군 유일의 인간인 점을 활용해, 마을에 잠입을—"

"당신, 머리카락 끝이 갈라졌군요. 제가 치료해드리겠어요! 『힐』! 『힐』!"

"아얏! 아얏! 세레스디나 씨, 뭐하는 거예요! 정말, 너무해요! 좋아요. 이제 아는 척 안 할 거예요. 모처럼 재미있는 마도구가 가게에 들어와서 보여줄 생각이었는데……! 카즈마 씨, 다음에 또 가게에 놀러와 주세요."

위즈는 나에게 인사를 하더니 불같이 화를 내고 가게로 돌아갔다.

그런 그녀를 배웅하듯 쳐다보던 세레나는 마음을 다잡으려는 듯 두 손으로 깍지를 끼고—

"……특이한 분이시군요. 힐을 걸었더니 몸에서 연기가 났어요."

"뭐, 그녀는 리치니까요. 그리고 그 정도는 익히 알고 있 잖아요? 세레스디나 씨."

세레나는 어떻게든 둘러대려 했지만 나는 환한 미소를 짓 고 그렇게 말했다.

이런 상황에서도 미소를 유지하고 있는 이 여자는 상당한 거물이라는 생각이 들었다.

이윽고 세레나는 고개를 푹 숙이더니 각오를 다진 표정을 짓고 얼굴을 들었다.

"오해하지 마세요!"

"호오."

아무래도 아직 포기하지 않은 것 같았다.

이 여자, 꽤 근성 있는걸.

"아까 그 여자가 말했다시피, 저는 마왕군의 간부인 세레 스디나예요. 하지만 제 이야기를 들어보세요. 아까 당신에 게 해준 이야기는 전부 사실이에요! 사실 저는 저주에 걸려 마왕이 된 소녀의 언니예요. 동생을 구하기 위해 어쩔 수 없 이 마왕군에 들어간 거라고요! 아아…… 지금도 동생을 생 각하면……!"

바로 그때였다.

혼신의 연기를 선보이고 있는 세레나의 등 뒤에 장신의 남자가 나타났다.

"동생을 생각하면 뭐 어떻다는 거지? 그대, 이성과 그럴듯한 분위기일 때마다 방해를 당한 탓에 저주라도 걸린 건 아닌지 고민하고 있는 남자여. 방금 희희낙락하며 잡동사니를 매입해서 돌아온 얼간이 점주한테서, 네 녀석이 가게 주변에 있다는 이야기를 듣고 왔다. 네가 응분의 사례만 한다면 그 고민을 해결해줄 수도 있다. 가게에 들렀다 가지 않겠느냐?"

세레나는 그 목소리가 귀에 익은지 몸을 부르르 떨었다.
위즈에 이어 마왕군의 전직 간부인 가면의 악마, 바닐이 이 자리에 나타난 것이다.
세레나가 머뭇거리면서 뒤를 돌아봤고 두 사람의 시선이 딱 마주쳤다.
"…………아, 안녕하세요. 처음 뵙겠습니다. 저는 세레나라고 해요. 카즈마 님의 지인이신가요? 저기, 카즈마 님은 많이 바쁘신 것 같으니 저는 이만 실례……."
"처음 뵙겠습니다, 라고 이 몸이 말해주기를 바라는 것 같구나. 미심쩍은 구석 하나도 없는 정순한 프리스트여. 뭐, 급하게 돌아갈 필요는 없다. 이렇게 만난 것도 인연이니, 현재 숯덩이가 되어 있는 통구이 점주가 아까 희희낙락하며 매입한 유쾌한 상품을 보고 가도록."

바닐이 그렇게 말하자 세레나는 안도의 한숨을 내쉬었다.

바닐은 그런 세레나를 향해 조그마한 컵아이스크림 같은 형태의 물건을 내밀었다.

"오늘 추천 상품은 바로 이것이다! 야영을 하는 모험가에게 꼭 필요한 상품인 벌레꼴까닥이라는 거다. 귀여운 명칭과 달리, 절대적인 힘을 지녔지. 주위에 있는 쥐보다 몸집이 작은 생물에게 강력한 죽음의 저주를 거는 물건이다. 즉, 이 것을 베갯머리에 두기만 하면 벌레한테 물릴 걱정을 하지 않고 푹 잠을 잘 수 있지."

""와아.""

세레나와 내가 한 목소리로 탄성을 터뜨렸다.

이 세계에도 모기 정도는 있을 것이다.

딱히 돈이 궁하지는 않으니까, 하나 정도 사두는 것도 괜찮으리라.

하지만—.

"어차피 어이없는 부작용이 있는 거잖아? 낮은 확률로 인간에게도 저주가 걸린다든가."

"말도 안 되는 소리를 하지 마라. 쥐보다 큰 생물에게는 효과가 없지. 죽는 건 쥐보다 조그마한 생물뿐이다."

바닐은 내가 방금 한 말을 부정했다.

뭐야. 그럼 진짜 괜찮은 거…….

"멋지네요. 이걸 베갯머리에 두면 그 거무튀튀하고 재빠르며 번들번들한 공포의 대왕도 다가오다 죽어버리겠군요! 하나 살게요……!"

"감사합니다!"

세레나가 희희낙락하며 하는 말을 들은 순간, 나는 의문에 사로잡혔다.

"……어이, 바닐. 그건 벌레 말고도, 쥐보다 조그마한 건 다 죽이는 거야?"

"물론 죽는다."

바닐은 주저 없이 대답했다.

"……그럼 인간의 몸 안에 있는 미생물이나 항체 같은 건……."

"물론 죽는다."

아무 짝에도 쓸모없잖아.

세레나는 미생물이나 미토콘드리아 같은 건 모르지만 내 반응을 보고 이것이 결함품이라는 사실을 눈치챈 것 같았다.

그녀는 머뭇거리며 반품하려고 했으나ㅡ.

"어이쿠, 초면인 여성이여. 이 몸은 장사꾼으로서 손님의 개인정보를 엄중히 지키지만, 반품을 한다면 그대는 이제 내 손님이 아니지. 흐음, 보인다. 보여. 누군가의 미래가 보이는구나……. 어떤 가면 신사에 의해 정체가 들통이 난 바람에, 모험가들에게 뭇매질을 당하고 있는 누군가의 모습이……."

"사겠어요! 꼭 사겠어요! 얼마죠?!"

안 됐네.

"후하하하하하, 오늘 이 몸은 기분이 좋지. 얼간이 점주가 사들인 잡동사니가 웬일로 돈이 되었거든! 원래 40만 에리스짜리 아이템이지만, 특별히 초면 서비스 및 판매원 해피 서비스를 적용해서 120만 800에리스에 팔겠노라!"

"빌어먹을, 금액이 늘어났잖아! 내 전 재산을 대체 어떻게 안 거야? 내 지갑 사정 같은 걸 내다보지 말라고!"

세레나는 고함을 지르면서 자신의 지갑을 바닐에게 집어 던졌다.

그리고 달라진 말투 또한 질 나쁜 모험가를 연상케 했다.

바닐은 자신을 향해 날아오는 지갑을 움켜쥐더니—

"후하하하하! 또 보자, 소년! 그리고 성질 더러운 초면의 여성이여! 그대의 악감정은 참 맛있었다! 후하하하하하핫!"

바닐은 유쾌하게 웃으면서 가게를 향해 걸어갔다.

그 모습을 멍하니 지켜보고 있던 마왕군 간부, 세레나가 중얼거렸다.

"……저, 전 재산이……."

……진짜 안 됐네.

■작가 후기

이 책을 구매해주셔서 감사합니다.

요즘 들어 제가 집에서 일을 안 한다는 사실을 편집자 님에게 간파당한 결과, 카도카와의 회의실이나 작업실에서 통조림을 당하게 됐습니다.

저는 통근이 하기 싫어서 작가가 됐는데, 어쩌다 이렇게 된 걸까요.

알고 있습니다. 제가 일을 안했기 때문이죠. 죄송합니다.

작가가 됐는데도 자택경비병 기질을 눈곱만큼도 떨쳐버리지 못한 것 같습니다.

—이번 권은 라이벌 관계인 두 사람이 드디어 결판을 내……는 내용이 아니라, 영원한 라이벌이 되는 이야기였습니다.

원래 이 두 사람은 성격이 정반대인 것 같지만 왠지 닮은 구석이 있는 숙적, 이라는 콘셉트로 탄생했습니다. 그리고 아마 앞으로도 툭하면 다투면서 애정행각을 벌이겠죠.

그리고 이야기는 드디어 크게 진행되었습니다.

액셀 마을에 마왕군 간부가 나타나면서 카즈마 일행의 평화로운 일상이 드디어 붕괴되는 날이—!

물론 이 작품이 진지하게 전개될 리 없으니, 다음 권 이후로도 느긋하게 즐겨주셨으면 합니다.

그럼 이번 권의 해설은 이쯤에서 마치기로 하고 선전을 할까 합니다.

현재 발매 중인 신 시리즈, 『전투원, 파견합니다! 2』에는 이멋세와의 콜라보 단편이 수록되어 있으니, 관심이 있으신 분께서 구매해주신다면 이 작가도 기쁠 것 같습니다.

그리고 이멋세의 극장판 애니메이션이 공개될 예정입니다.

이야기가 너무 커져서 반쯤 남일처럼 느껴집니다만, 이 모든 건 지금까지 응원해주신 독자 여러분과 관계자 여러분 덕분입니다. 감사합니다, 감사합니다…….

그럼 이번 권도 많은 분들에게 많은 폐를 끼치면서 어찌어찌 책을 출판할 수 있었습니다.

제 원고 작업이 늦어지는 바람에 매번 촉박한 상황에서 일러스트를 그리시는 미시마 선생님, 정말 죄송합니다!

그 외에도 담당 편집자 I씨와 디자이너님, 교정자 분, 영업 담당 분, 그리고 많은 분들에게 폐를 끼치고 있습니다만, 끝까지 함께해주시길 부탁드립니다……!

그런 분들에게 죄송하다는 말과 함께 이 책이 간행될 수 있도록 힘써 주셔서 감사하다는 말씀을 드리며…….

이 책을 구매해주신 모든 독자 여러분에게, 진심으로 감사를!

아카츠키 나츠메

후 기.

네리마키가
상상한
두 사람.

두 사람은
이런 관계가
될 줄 알았어!!

2018.

NEXT

그 프리스트는 대체
정체가 뭐죠?!

마왕군 간부야

나한테서 액셀의
미인 프리스트 자리를
빼앗으려고 하다니,
대체 정체가 뭐야!

마왕군 간부야

헉?! 설마
더스티네스 가문과 적대관계인
정적이 보낸 자객……?!

마왕군 간부야

다음 편! 액셀 마을에 위기가
찾아오면서, 드디어 왕도적인
시리어스 전개가……!

**COMING
SOON!!**

시작될 리 없잖아

이 멋진
세계에 축복을! 15

■역자 후기

안녕하십니까. 근로청년 번역가 이승원입니다.

『이 멋진 세계에 축복을!』 14권을 구매해주셔서 진심으로 감사드립니다.

이 녀석을 작업하던 10월 중순경에 일본을 다녀왔습니다.

업무 관련으로 볼일이 있기도 했지만, 그것보다 가장 큰 이유는…… 모 마법소녀(라 쓰고 포격소녀라 읽음) 애니메이션의 극장판이 개봉되었기 때문이죠!

TV판 1기, 그리고 비주얼 노벨판 게임부터 즐겨온 초창기 팬으로서 안 가볼 수가 없었습니다.

……실은 정신적 & 육체적으로 너무 힘든 시기라 멘탈 회복을 위해 간 것에 가까웠습니다.

그리고 감상평은…… 정말 주인공에게만 포커스를 맞춘 명작이더군요.

주인공 마법소녀의 이름이 제목에 언급되어 있는데도, 매 시리즈마다 다른 캐릭터와 비중을 나누는 바람에 제대로 조명되는 일이 거의 없었습니다만, 이번 편은 정말 최고 그 자체였습니다. 덕분에 멘탈도 엄청 추슬렀고요.^^ 내년에는 이

멋세 극장판도 개봉한다니, 꼭 일본에 가서 극장 관람을 할 생각입니다!

그럼 본편에 관한 이야기를 해볼까 합니다.
스포일러가 포함되어 있을 수도 있으니 본편을 읽지 않으신 분들은 유의해주시길!

이번 14권은 메구밍과 융융이라는 홍마족 콤비(커플?)의 라이벌 관계에 마침표가 찍히는 이야기였습니다.
이멋세 시리즈뿐만 아니라 스핀오프인 폭염, 그리고 각종 외전에서 다뤄진 두 홍마족의 관계는 단순한 라이벌과는 다릅니다.
작가님께서도 말씀하셨듯이, 성격과 체격을 비롯한 모든 면에서 정반대인 두 사람은 각자에게 없는 것을 지닌 서로를 경쟁자이자 둘도 없는 친구로 여기게 되죠.
그렇기에 반목하면서도 항상 서로의 좋은 이해자가 되어준 두 사람은 오랫동안 펼쳐온 대결에 마침표를 찍습니다. 그것도 너무나도 그녀들다운 방법으로 말이죠.^^
저 앙숙 콤비가 앞으로 더욱 멋진 모습을 보여주기를, 독자 여러분과 함께 고대할까 합니다!

그럼 이만 줄이겠습니다.

L노벨 편집부 여러분. 항상 재미있는 작품을 맡겨주셔서 감사합니다. 앞으로도 잘 부탁드립니다.

목욕 같이 가자며 차 몰고 찾아온 형님. ……왜 조카까지 데리고 오신 거죠. 그리고 목욕탕 도착하자마자 조카를 저한테 맡기고 한증탕으로 도피하는 건 너무하잖아요……ㅠㅜ

마지막으로 언제나 제게 버팀목이 되어주시는 어머니와 『이 멋진 세계에 축복을!』을 읽어주신 모든 분들에게 진심으로 감사드립니다.

본격적으로 이야기가 진행되기도 전에 정체가 다 까발려진 안습 XX 프리스트의 활약(?)이 그려질 15권 역자 후기 코너에서 다시 뵙겠습니다!

2018년 11월 중순
역자 이승원 올림

이 멋진 세계에 축복을! 14
홍마의 시련

1판 1쇄 발행 2019년 1월 10일
1판 8쇄 발행 2022년 1월 10일

지은이_ Natsume Akatsuki
일러스트_ Kurone Mishima
옮긴이_ 이승원

발행인_ 신현호
편집장_ 김승신
편집진행_ 권세라 · 최혁수 · 김경민 · 최정민
편집디자인_ 양우연
관리 · 영업_ 김민원

펴낸곳_ (주)디앤씨미디어
등록_ 2002년 4월 25일 제20-260호
주소_ 서울시 구로구 디지털로 26길 111 JnK디지털타워 503호
전화_ 02-333-2513(대표)
팩시밀리_ 02-333-2514
이메일_ lnovellove@naver.com
L노벨 공식 카페_ http://cafe.naver.com/lnovel11

KONO SUBARASHII SEKAI NI SHUKUFUKU WO! Vol.14 KOUMA NO SHIREN
©2018 Natsume Akatsuki, Kurone Mishima
First published in Japan in 2018 by KADOKAWA CORPORATION, Tokyo.
Korean translation rights arranged with KADOKAWA CORPORATION, Tokyo.

ISBN 979-11-278-4820-0 04830
ISBN 979-11-278-4330-4 (세트)

값 7,000원

프리 라이프 이세계 해결사 분투기 1~2권

키가츠케바 케다마 지음 | 카니빔 일러스트 | 이경인 옮김

이세계 생활 3년째인 사야마 타카히로는
해결사 사무소〈프리 라이프〉의 빈둥빈둥 점주.
하지만 사실은, 신조차도 쓰러뜨릴 수 있는
세계 최강 레벨의 실력자였다!
게으름뱅이지만 곤란한 사람을 내버려 둘 수 없는 타카히로는
못된 권력자를 혼내주거나,
전설급 몬스터에게서 도시를 구하는 등 대활약.
사실은 눈에 띄고 싶지 않은데
개성적인 여자아이들에게도 차례차례 흥미를 끌게 되고?!

**대폭 가필 & 새 이야기 추가로 따끈따끈 지수 120%!
이세계 슬로우 라이프의 금자탑이 문고화!!**

라이트노벨의 새로운 빛! ㄴ노벨의 신간은 매월 10일에 발매됩니다. http://cafe.naver.com/lnovel11

태양을 품은 소녀 1~3권

나나사와 마타리 지음 | 루케이치 안드로메다 일러스트 | 김성래 옮김

실험 번호 13번.
숫자로 불리며 고아원에서 특별한 교육을 받고 자랐던 붉은 머리의 소녀.
고아원을 나와 노엘이라는 이름을 갖게 된 소녀의 꿈은 단 하나.
『행복해지고 싶어』

후계자 분쟁으로 난국을 겪는 코임브라 군의 병사가 되어
비범한 무력과 계책으로 소녀는 금세 두각을 드러냈다.
무기는 불꽃을 뿜는 두 갈래의 창.
전투의 끝에 『행복』이 있다 믿으며 소녀는 전장을 달려 나간다.

해님이 밝게 비치는 한 결코 죽지 않을 테니까.

라이트노벨의 새로운 빛! L노벨의 신간은 매월 10일에 발매됩니다. http://cafe.naver.com/lnovel11

현자의 검 1~4권

히야마 준키 지음 | 사라치 요미 일러스트 | 이은혜 옮김

판타지 세계를 동경하며 살아온 소년.
그는 『엘더즈 소드』라는 게임이 좋아서 계속 반복해서 플레이했다.
그 중에서 가장 마음에 든 캐릭터, 전사 루온을 열심히 키웠다.
어느 날, 소년은 갑자기 의식을 잃게 되었고— 정신을 차려보니
그곳은 게임 속 세계에, 심지어 소년 자신은 루온이 되어 있었다.
그는 이상향이 눈앞에 펼쳐진 사실에 경악하고 흥분했다.
그러나 그와 동시에 깨달았다.
게임 속 루온은 죽기 위해 존재하는 캐릭터라는 것을—
그리고 마왕이 루온이 있는 대륙을 침공한다는 것을…….
루온은 이야기가 어떻게 진행되어도 수정할 수 있도록 힘을 키우기로 했다.
루온은 많은 결의를 가슴에 품고 마왕과의 전투에 몸을 던졌다.

『소설가가 되자』 대인기 판타지!!

금색의 문자술사 1~7권

토모토 스이 지음 | 스마키 슌고 일러스트 | 김장준 옮김

식사와 독서를 사랑하는 『아웃사이더』 고등학생 오카무라 히이로는
같은 반의 리얼충 네 명과 함께 이세계로 소환됐다.
《용사》가 되어 인간국 빅토리어스를 구해달라는 왕녀의 부탁에 들뜨는 리얼충들,
그런 와중 밝혀진 히이로의 칭호는—《말려든 자》?!
원래 세계로 돌아갈 방법은 없다. 용사들과 장단을 맞출 생각도 없다.
하지만 기왕 하게 된 이세계 라이프.
적은 문자의 이미지를 발현하는 히이로만의 능력《문자마법》을 사용해
미지의 요리와 책을 찾아 홀로 모험에 나선다!
이세계에서도 고고한 『아웃사이더』 노선을 관철하는 히이로는 아직 모른다.
이윽고 히어로라고 불리게 될 자신의 미래를…….

**소설가가 되자 사이트에서
조회수 2억 6천만을 돌파한 초인기 대작**

청춘 돼지는 바니걸 선배의 꿈을 꾸지 않는다 1~9권

카모시다 하지메 지음 | 미조구치 케이지 일러스트 | 이승원 옮김

아즈사가와 사쿠타는 도서관에서 야생의 바니걸과 만났다.

바니걸의 정체는 사쿠타가 다니는 고등학교의 선배이자,
활동 중지중인 인기 탤런트 사쿠라지마 마이였다.
며칠 전부터 그녀의 모습이 『주위 사람들에게 보이지 않는 현상』이 발생했고,
이것은 인터넷상에서 화제가 되고 있는
불가사의 현상 『사춘기 증후군』과 관계가 있는 걸까.
원인을 찾는다는 이유로 마이와 가까워진 사쿠타는 이 수수께끼를 풀려고 하지만,
사태는 생각지도 못한 방향으로 나아가는데—?

하늘과 바다로 둘러싸인 마을에서, 나와 그녀의 사랑에 얽힌 이야기가 시작된다.

하늘과 바다로 둘러싸인 마을에서 시작되는
평범한 우리의 불가사의한 청춘 러브 코미디!

라이트노벨의 새로운 빛! L노벨의 신간은 매월 10일에 발매됩니다. http://cafe.naver.com/lnovel11

중고라도 사랑이 하고 싶어! 1~10권

타오 노리타케 지음 | ReDrop 일러스트 | 이진주 옮김

"웃기지 마! 이 비처녀!" 고등학생 아라미야 세이이치는
교내에서 제일가는 불량 학생 아야메 코토코의 말썽에 휘말린 사건을 계기로
아야메 코토코가 끈덕지게 따라다니는 상황에 처하게 되고, 심지어 고백까지 받는다.
그러나 세이이치는 신념에 따라 그것을 거절한다.
"야겜의 히로인 말고는 흥미 없어." 미인이지만 중고라는 소문이 도는
코토코는 아예 논외였다. 그것으로 포기하리라고 생각했건만…….
"반드시 네 이상이 돼주겠어."
그렇게 선언한 코토코는 게임의 히로인과 같은 트윈테일 미소녀로 변신!
이건 대체 무슨 야겜? 인가 싶을 만큼 억지스러운 방법으로 세이이치에게 접근한다!!
불량소녀와 오타쿠.
얽힐 일이 없을 터였던 두 사람의 이야기는 어디로 향할 것인가?!

『소설가가 되자』에서 화제가 된,
「사실은 일편단심 순정 소녀」계 러브코미디!!